台灣七年級散文金典

甘炤文、陳建男 編

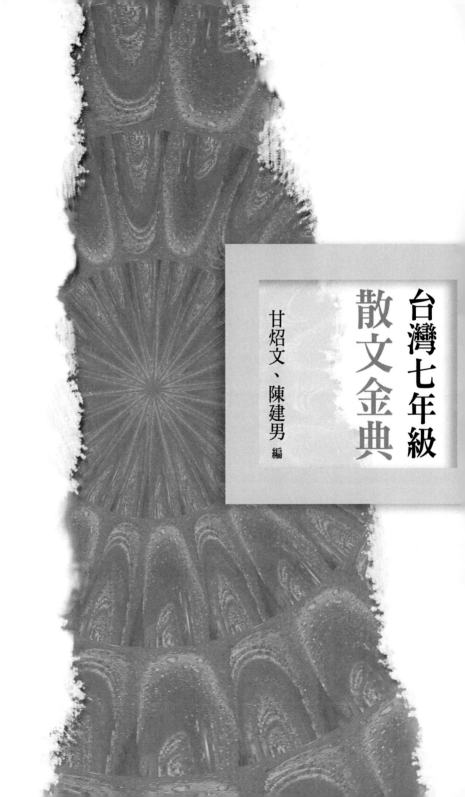

誰怕七年級！

——「台灣七年級文學金典系列」策劃人語

楊宗翰　撰

六年級中段班的我，自去年春天返台定居後，強烈感受到「世代」這兩個字的重量。每家媒體都在談「民國百年」，可見我也要卅五歲了；本土文學書銷售慘澹，但新浪仍毫無所懼、強勢襲岸，隨「出版大崩壞」而至的竟是「作者大冒現」；寶瓶、九歌等出版社將逆風視為順勢，集中資源、全力行銷陌生的新世代作者；新世代讀者則嗜黏臉書遠勝翻紙本書，愛雅虎維基多過辭海大英，更別說在旁還有虎視眈眈的電子書。

世代與世代之間，自然存有差異。「世代差異」四字有時極為好用：譬如每個世代都有各自的閱讀脾性與寫作傾向，部分前輩作家也慣於採「新世代」籠統概括他者（the other）之存在，以便建構鞏固自我（self）與同齡文友間的想像群體意識。「世代差異」一詞有時也容易讓人生疑：譬如跟我同世代的一位朋友難以抗拒漢字魅力，自力弄出一冊「復古」鑄鉛活字印刷詩集，年終居然進入某大網路書店的超級新人榜，差點成為其中最老的新人。只能說文學版的星光大道報名者實在太多，可見創作與閱讀的需求仍在——這當然算是好消息。壞消息是，如今各世代間的界線與特徵漸趨消散，在茫茫書海中要如何打團體戰？難怪陳宛茜一篇砲火四射的〈新世代面貌模糊？〉在《聯合文學》刊出後，馬上引起諸多議論與反思。

目前恰好介於二十到三十歲間的「七年級生」，正是台灣文學的最新世代。他們之中有些人已經出了第一本書，得了校內外不少文學獎，但苦於沒有全國性知名度；有些人則畢業不久、剛找到工作，寫作成為職場菜鳥期唯一的逃逸窗口。在現今這種低版稅、低銷量、低注目度的「三低」年代，他們拿文學環境沒有辦法，文學環境也對他們愛莫能助。但環境再怎麼惡劣，讀者都有「知」的閱讀權利，我認為還是應該想方設法，集體展示台灣文學最新世代的表現及成績。職是之故，我決心策劃出版《台灣七年級小說金典》、《台灣七年級散文金典》、《台灣七年級新詩金典》三書，並打算繼續進行「戲劇金典」與「評論金典」的編選工程。秉持「老人所言不準確，同輩評價才中肯」的信念，每個文類皆採「七年級評選七年級」為原則，小說卷邀請朱宥勳、黃崇凱，散文卷邀請甘炤文、陳建男，新詩卷邀請謝三進與廖亮羽擔任編者，並請六人各自撰寫一篇長序。金典名單皆經每卷編者反覆討論，最後選出小說八家、散文八家與新詩十家，共廿六位備受期待的七年級金典人物。

數位時代應該要有數位出版策略，故三本《金典》皆以E、P同步製作，即紙本書（Printed books）與電子書（Electronic books）同時出版，並採取隨需印刷（Print on demand）技術，避免生產過剩，浪費地球資源。其實《小說金典》、《散文金典》、《新詩金典》入選的作者，無一不是真正的「數位時代人」，有能力在噗浪（plurk）、臉書（facebook）、推特（twitter）或部落格（blog）上自成一家媒體——換句話說，人人都是總編輯。

這批真正的數位時代人，完全有理由無所畏懼：平面報刊限制太多、大門太窄？七年級不怕，因為網路空間幾近無限；紙張貴、印刷貴、出版困難？七年級不怕，出紙本書這麼麻煩，自己直接用軟體作電子書即可；書店不願多進貨、上架兩周便開始退書？七年級不怕，拿 E-books 到 App store 或 Android market 自製自銷，所獲更多。面對「什麼都不怕」的七年級寫作好手，《金典》的印行面市，說不定會成為這批創作者對紙本書最後的致意！

【序二】

進化與革命
——寫在《台灣七年級散文金典》前

甘炤文　撰

上個世紀末以來，台灣文學及其周邊研究皆經歷了諸多轉折蛻化：學院內部，從疾呼「作家已死」到嗟歎（永遠在迫近當中的）「文學已死」，從裂解各類恢宏敘事（grand narratives）的「後」學論述，到探勘歷史記憶縱深的除魅／招魂工程，種種震天價響的口號莫不喊得人心思動，並對既成的學術版圖構成挑戰；而另一廂的出版市場同樣鬧熱滾滾，但凡族群、性別、都會、鄉土、生態環保、旅行、飲食……每項議題皆不乏文本類群的支持，作家們以實際創作鳴應大環境的解放，更開啟了花團錦簇的詮釋風景。

在一片多音交響的書寫實踐中，散文體類的與時俱變尤顯驚人。迴覽千禧年迄今（二〇一〇年），這段時期堪稱台灣散文發展的「黃金十年」，除卻一系列的專集和選集熱潮[1]、史料文本的重新出土，「散文」本身的進化（evolution）與革命（revolution），才更為可觀：修辭方面，創作者或多方嘗試運用方言[2]、融裁詩化意象，彷彿語不驚人死不休；敘事則大舉仲介小說元素，旁通於學理知識的穿插——相較於過往小說、新詩貼合時代脈動的流衍進程，「散文」作為一體類交匯的書寫場域，其內蘊的實驗特質於今方烈，而此間森羅流轉的樣態，已然非括而約之的「類型」論、「現象」說所能涵攝。

弔詭的是，儘管散文的讀者群益眾，卻遲遲未見學界投入等量齊觀的心力，為幾十年來台灣現代散文（史）的面目正本清源。就在晚近研究者趑趄起步的時刻，一群年方二十啷噹的新世代少男少女，宛然風馳電掣般，一躍便躍上了散文創作的舞台。

1 包括九歌、天下和二魚等出版社，都不約而同針對作家個人或作品主題，規劃系列出版事宜。
2 此一現象，自也跟政府當局鼓吹「母語書寫」、甚至設獎鼓勵創作者投稿的策略有關。

這群根正苗綠的七年級輩[3]其出也晚，平生既趕不上廿世紀七〇年代如火如荼的鄉土文學論戰，對於國族政治之於文學的想像附會，似乎也興趣缺缺。他們多半長成於解嚴後的自由空氣，受過高等教育，並在麥當勞和星巴克的食物香氛間潤其風華；他們的書櫃咸置有卡爾維諾、村上春樹、張愛玲和《戀人絮語》，影碟收藏除了楚浮、伯格曼、王家衛，亦頗能欣賞好萊塢動作片的特效場景。他們個體意識鮮明，天生反骨，在後殖民與後現代的交錯語境裡卻又顯得游離難蹤。

尤有甚者，七年級生「初經人事」的創作身分，屢屢成為尾大不掉的宿命原罪——面對這群「野／草莓世代」的行事（創）作風，不少端居文壇的夫子嘖有煩言，或為文數落其人脫離社會現實，每每自溺於內旋式的奇情狂想；或暢言其作缺乏感時憂民的格局，語法修辭機伶有餘，約斂不足——比起過去那個寫作者刻苦自惕、虔奉文學為信仰的年代，時下的奼紫嫣紅，總彷彿「少了點什麼」。

[3] 按台灣目前約定俗成的說法，「七年級」通指出生於一九八一至一九九〇年（民國七十年至七十九年）間的世代群體。

這般積澱於浮面印象／現象的批評並不盡然公允。看樣子解嚴後，台灣社會貌似百無禁忌、眾生平等，但世代間的鴻溝（generation gap）何嘗須臾稍弭？無論如何，成長於一相對開放的環境，七年級生早習於見怪不怪，其容受聲光化電、異質文化的能力，想來也要優於前行諸者；加以網路的無遠弗屆，當騷人墨客尚執著於雅俗義界的分野時，菁英格調和大眾品味早就在是輩筆下（或鍵下）頗作一處，化為手到擒來的創作養料。

而在此新陳代謝、主體紛呈的當刻，《台灣七年級散文金典》連同新詩、小說選等三卷冊的編輯出版，陡然便具有該世代自我答辯、並尋求對話的發聲意涵。

承上，在網際網路日益發達的當代，傳播與溝通的課題不啻重要且家常了起來。當一波波洶湧未已的影音文化漸次模塑我們的感覺結構，與此同時，一種強調私房記錄、公眾交流的行動生活美學，似也正合於時令：部落格（blog）、ＢＢＳ、社交網路（PLURK、FB等）、電子報乃至於手機簡訊、MSN即時通……五花八門的電子傳媒既帶動了「全民寫作」風潮，某種程度上也促發閱讀慣習（由書報雜誌而電子螢幕）和書寫型態（由紙筆而鍵盤滑鼠）的流通轉換；而網路介面特有的功能設定，使不少創作者調度起辭章句讀來更為得心應手，馳情入幻之處，甚或激盪另類的創作想像——事實上，除了工具理性目的，隨「網路」應運而生的種種議題業已登堂入室，成為年輕一代爭相開發的書寫題材[4]。

儘管有識之士一度為之忡憂：網路的勃興，極可能造成新世代書寫通盤陷入「輕、薄、短、小」的境地。然而綜覽七年級生截至目前為止的創作成績，戮力經營三千字以上散文、萬餘言小說的作者大有人在，顯見科技的發展和書寫篇幅間不必然有正向關聯；相反的，網路以其隨機編組的搜尋樣態、匿名互動的機制和便捷的點閱方式，無形間增擴了文本的「能見度」——在副刊版面窄縮、來稿競爭激烈

[4] 例如本文集所選錄的〈宅男物語〉（黃文鉅），即涉及實際生活和虛擬空間、數位符號的重層互動關係。

的情況下，部分熟諳電腦語彙的年輕寫作者索性「退而結網」，另闢發表蹊徑；此外，有許多素人作家並未依循文學獎機制曝光，然而長久經營個人站台、逐步培養出固定的讀者群，畢竟也在共／跨／超時空的電子版圖中鐃有斬獲。

作為一種後見之明，我們或可藉以申言創作形式和書寫內涵間的辯證關係：從題材、人稱觀點、風格、到文體文類的藕斷絲連，不少新世代散文作品中的敘述者「我」，逐漸以巋然獨立（或孤立）之姿發展其身世記憶，而和現實生活中的創作者「我」不相連屬——此番以虛擊實、散文小說化（虛造化）的傾向，應非偶然。另一方面，「文學獎」的廣泛設立，似也對上述的「跨界游移」現象產生推波助瀾之效——細觀這些煞有介事的「類小說散文」（或有謂「變體散文」），絕大多數脫穎自各大文學獎的參賽作品，創作動機和目的間的縱橫捭闔，同樣值得論者關注。

平心而言，時下多元並起的徵文比賽，仍是新世代創作者「浮出歷史地表」的重要平台。比起「兩大報文學獎」時代，在網路發達、寫者日眾的今天，我以為「獎」的評選機制及重要性其實有增無減；何況，文學獎多半提供優渥的獎金、實惠的發表刊行，不僅能刺激各式異質的創作欲望／意圖，也使初試啼聲的文藝青年們得以更有效地「被看見」。

在這樣的背景下，無獨七年級生積極投稿、勇於鍛鍊（文體文類）混寫的技藝，六字頭的龔萬輝、徐嘉澤、吳柳蓓等人[5]，更早先一步練就了「多棲」本領：真假實虛交相為用，亦頗能於各大文學獎的競逐中攻城掠地、屢創佳績。只不過，時移事往之後，當這一系列散文結集成冊問世，敘述者「我」頻亟的自體分裂不唯曾引來部分讀者「相當尷尬而焦慮」[6]的市場反應，更終於招致論家「散文的誠信會被搞垮」的批評[7]。

5 乃至於更資深的呂政達、方秋停、歐陽嘉等人，皆為箇中好手。

6 林俊穎在閱讀徐嘉澤散文集《門內的父親》後，於〈散文的本尊與分身〉一文裡有所感發：「我個人是相當尷尬而焦慮地閱讀此書橫掃各縣市文學獎的卷一，諸篇中『我』的父親與『我父之父』們，地理背景（高雄淡水貢寮日月潭澎湖埔里金門）與身分職業（勞工原住民自耕農鐵匠掌中戲團打造菜刀）跳躍變異……。」

7 黃錦樹在評述馬華新銳龔萬輝的散文集《清晨校車》時，似對龔將〈隔壁的房間〉（該文曾獲第二十六屆聯合報文學獎散文首獎）改收於同名小說集中的舉措頗有微詞：「……比較要命的是，作者得第二十六屆散文大獎的「散文」〈隔壁的房間〉並沒收在這裡頭，而是收在他的同名小說集裡。這種藉小說第一人稱的虛構技藝來欺騙評審的感情（讓他們以為那是真人真事）的作為兩大報文學獎頗多前例，不足為怪，但寫作者還是應該引以為誡：散文的誠信會被搞垮。」

本來，文類作為一後設的區辨（distinction）判準，其範疇定義即互有參差疊合處，因此，寫作者意欲在散文中加入情節的模擬、角色的杜撰，甚或以移形換位的敘事觀點傳達心理意義上的「真實」（reality），自是無可厚非；然而此間難以規避者，或許還是寫作者以及「寫作」本身的倫理（ethics）序位罷——從李昂「香爐」延燒四散的烽煙喧嘩，到圍環駱以軍《遺悲懷》而起的諸方對壘，在在指明了紀實和虛構間的緊張矛盾，其實不容小覷；說部體裁尚且如此，那麼好些個變本加厲、緣事著情的散文，又當伊於胡氐？總之，新世代散文在文體上的「質變」乃勢之所趨，但究竟該將其視為書寫的拓航或者逸軌，是大膽破格或者蓄意僭越，迄今仍有待分說，本文不擬立定標準答案，卻希望重新思索文類分野之於當代（台灣）文學表現的適用性，並反想創作者在實踐其書寫——尤其是以第一人稱鋪張敘述，最能折映其人性情特質、生命底蘊的散文創作——過程中，「人我交互定義，安頓彼此位置」[8]的倫理向度。

[8] 此處且援用王德威教授對（寫作）「倫理」的描述話語。相關討論參見其論著《眾聲喧嘩以後：點評當代中文小說》序文。

誠然，所謂倫理者，亦無非因時因地「定義、協商，甚至質疑道德、信仰，乃至意識型態的內爍特質」[9]。七年級世代在許多方面向來自外於傳統見地，落實在散文創作中，只要言之有物／悟，男性何妨拼貼衣飾符號，恣意遊走感官世界；儘管眾目睽睽，女性也大可放膽盛開，穿涉身體的欲望亂流。於是乎，在思、意、文、言的有機重組中，一套特殊的修辭章法與美學觀照，隱然成形。

由是再回到本文集《台灣七年級散文金典》的編選上。以生年斷代強作剖解、並擘畫選文事宜，立意猶善，名目或嫌不夠精準——畢竟，文本創作的鋪衍、文藝思潮的流變、文學典律的生成，皆為一連續且紛繁多端的有機化合過程，任何大刀闊斧的截取，皆可能造成文學內緣／外沿關係的割裂；

9 同註八。

然則，若意在借題發揮，以之凸顯新世代寫作者另類的主體位置和觀照視野，這樣的纂輯方針卻不失為一項權宜計略：當「七年級」一詞逐漸於當代台灣社會語境中形成頑固標籤，新新人類涉事之初，未審先判的「草莓族」印象動輒紛飛滿天——正如同人社軫域相對於理工學門，「青春」相對於「中堅」、「老成」，何嘗不具備弔詭的「邊緣」屬性？由是觀之，這部以七年級世代為號召的散文選集，除卻合零為整、收束展演揭示之效外，自當蘊蓄有更積極的意義。

從學術建構的角度察之，「（現當代）散文」向來不若小說、詩歌等文體文類，蔚為研究之顯學大宗，相關的詮釋與討論或鞭長莫及，或如點水蜻蜓款款飛，證諸當代台灣的學術分工體系，更是如此[10]。職是之故，「在還沒有出現一部嚴格意義上的《台灣現代散文史》學術性論著之前，各種台灣現代散文選集便成為另類

10 此番敘述殆泛就學院高牆內一般現象而論，斷無意輕忽前行者的研究積累。事實上，早先楊昌年、鄭明娳等學者著書立說，分就現當代散文構成、類型、現象、風貌等面向析論，成果頗為卓犖；而近年來鍾怡雯以作／論者之眼追尋創作／研究的聯集地帶，張瑞芬教授則積極鉤沉作家文本、搜羅史料，其鍥而不捨的治學精神毋寧令人感佩。

的台灣散文史藍圖」[11]，透過文集的編纂、篇章的選粹，一則有裨於廓清文學（史）發展的系譜源流，二則，放在文化傳播的場域裡，《台灣七年級散文金典》合同新詩、小說選等三大卷冊的出版，或可視之為七年級寫作者集體登場的宣告，旨在叩擊初音，並期待各方反響；即令結果見仁見智，至少，這場「奢靡的實踐」已為台灣文學當前的新生／新聲樹立一座前瞻（也是後設）的紀念標竿。

江山代有才人出，時光大好，青春正盛，作家的寫作因而注定是進行式、並朝向所有的未知開放。作為散文選的編者之一，原有義務針對該世代當前的書寫態勢及創作趨向做一脈絡式的耙理；此外，本次也邀集到同為七年級輩的論者若干，分就其觀察所得，替入選作者、作品撰述簡扼導讀，以期平添實證的說論分量，並增補序言之不足。

在這當中，有些作者儼然已自成一脈、頗具名家風範，有些則渾沌大器、尚在琢磨；有些作品誼屬「理性與感性」的光譜兩端，有些則實驗未已、不斷翻奇出

11 此說可參照《天下散文選：一九七〇～二〇一〇台灣》序文：鍾怡雯〈台灣散文史的另一種讀法〉。

新。而此間所錄，不必諱言，自難免囿限於主事者個人的「傲慢與偏見」——包括了主觀的審美認定、文化資本的居間運作、閱讀範疇的有限性、乃至於私心的偏好……，但另一方面，正由於這些雜駁質素的融貫，使得本文選的出版流通，得以啟迪更多向的思辨空間。

無論如何，這群年輕作者們現階段的書寫成果皆有待讀者們躬身檢證，參與對話。歷史的滾滾洪流未嘗歇息，大江東去浪淘盡，到頭來究竟誰不敢波瀾起伏、率先出場，誰又能通過時間重層的篩選而留存下來，恐怕，就不是這一輪太平盛世所能論定的了。

◆ ◆ ◆

除卻本文集選錄的作者，仍有為數不少的「遺珠」值得論者悉心關注，比方分屬七年級前段班、出道甚早的陳栢青。遠在大學時期，陳即曾以〈大屋〉一文入選九歌《九十二年散文選》（顏崑陽主編）。此後，陳栢青不輟筆耕，尤戮力於小說、散文的經營，期間持續噴發的創作動力和欲罷不能的掄獎態勢，在在引人側目[12]。落實在創作上，其散文頗能體現後現代語境中嘉年華式的混血／混寫特質——行文修辭動輒挾流行元素、舶來語碼以下，敘事則虛實交錯、乃至打造出別樹一幟的文本烏托邦，此般渾然無分的「幻構」，誠然難以約定俗成的「文類」概念進行界定、區隔，有心探究現實世界與想像天地間依違關係的讀者，自不宜等閒略視。

同樣兼修數種文類的還有羅毓嘉。二〇一〇年，羅以石破天驚的新秀姿態空降中時人間副刊行之有歲的「三少四壯」專欄，通透每週一篇的精微字述，詩人或呢喃同志族群委身都會褶縐帶間的花叢腹語，或覆寫青春、記憶與傷逝的週期循環，行有餘力的讀者，不妨將之與林俊穎、王盛弘等前行作家的散文相參并酌，勢必對（男）同性戀世代屢經更迭的生活／愛欲變貌別有一番憬會。

12 在二〇〇八年「聯合報文學獎三十周年紀念」典禮上，陳栢青蒙獲主辦單位頒贈「最佳黑澀會弟弟獎」；其得獎理由為「小說與散文通吃，真實與虛構難辨，跨越文類疆界，拿文學獎如黑道圍事，迄今已強取豪奪三十餘座獎項……。」

由記事到懷人，通貫其間的抒情美學古已有之，於今方興未艾。外文系、翻譯所出身的林力敏，其文字典麗清纖，擅於寸幅之間造境，〈黑白的弟弟〉、〈不斷長高〉等得獎力作皆採參差對照手法，帶出血緣深處的幽微親愛，足見作家才情；未來若能多方嘗試長文的開拓，相信成績將更令人期待。至若不讓鬚眉的王麗雯，當年以一篇滿分的應試作文〈走過〉驚豔全國，文中狀寫老萬華區的物事、追摹記憶中的童年舊景，意興所至皆成有情[13]；之後更有〈我也試著漫遊花園〉、〈清明〉等佳構面世，其運筆之洗練、風格之勻淨，頗能與高幾班的學姐湯舒雯分庭抗禮。除了前述諸位外，這支為數可觀的散文創作行伍尚應包含湖南蟲（李振豪）、張以昕、陳佑瑋、黃晨揚，以及甫獲第六屆林榮三文學獎散文首獎的劉祐禎……時代是倉促的，許許多多的年輕寫作者亟欲提筆揮灑，文本風景如畫卷徐徐開展處，正是一片春水繁星，繽紛靈動。

---

13 迄今保有大學學測作文（唯一）滿分紀錄的王麗雯，寫而優則進一步將金針度與人——試看她現身說法的《作文就是多看、多想、多寫、多讀》（商周出版）。

本文（及本文選）限於篇幅，無法一一對號詳述，幸而秀異的作者從來就如錐處囊中，假以時日必將嶄露鋒芒；而在這書寫和出版皆空前繁盛的文學大航海時代，《台灣七年級散文金典》的編修意義，不啻就在替眼下過境的千帆留下動人見證。

言及於此，倒是諸位德高年劭的夫子們，在慨歎世風日下、文心不古之餘，何不先試著按捺說教衝動，轉而積極聆聽——或許，就從閱讀七年級世代的散文開始吧！知己知彼，方能為打開世代間交通的契機；而，也正緣於閱讀「非我」、理解差異，心靈將因此產生種種逾越／愉悅的可能與動能。

※《台灣七年級散文金典》得以順利出版，首先必須感謝秀威資訊科技股份有限公司總經理宋政坤先生、叢書總編輯楊宗翰老師無條件的支持，以及出版發行部黃姣潔小姐、林泰宏先生、林千惠小姐的鼎力籌畫，細心編輯。其次，我要感謝另一名搭檔——台大中文所博士班陳建男學長，以及

為文選中各作者、篇章撰寫導讀的清大台文所碩士班陳正維同學、何敬堯學弟，台大中文系趙弘毅學弟；因為他們的參與，使得本文選在幅輳散文辭章之美外，更迴添了思想紋理的厚度。又，在編選過程中，台大台文所碩士班蔣閎宇學弟曾多次協助聯繫，人在德國當交換生的政大台文所碩士班湯舒雯學妹則隔海參與討論，提供諸多寶貴的意見，均令我銘感。饒富興味的是：本次新詩、散文及小說組的主編群，平素雖分散各地，卻多利用E-mail、MSN等軟體媒介進行即時的編選意見交流，頗能落實序文中有關「網際網路在當代」的課題論釋；知與行的裡應外合，此又一例。

【序二】

台灣現代散文史的新座標

陳建男　撰

陳平原在《中國散文小說史》提到，五四文學革命的結果造成詩的脫胎換骨以及文的撤離中心，除了各文類的發展趨向不同，更主要的原因是學術範式的轉移。今日散文在報刊的能見度雖高，但在學術研究上卻少人問津，呈現很大的落差，往往有著小說好研究、新詩難懂、散文卻不知從何說起的情況。與新詩、小說的創作者不同，詩人有詩社、詩刊，小說作家也有「實構性」或文學史家「虛構性」的群體，此處「虛構性」並非意謂杜撰，而是指將風格相近或理念相似的一群作家放在一起討論。散文作家並未形成很明顯的群體關係，散文作家彷彿位於邊緣沉默的一群，在廣大的夜空中獨自閃爍，然而散文史的脈絡不絕於縷，繼承與新創，七年級散文作家的作品亦是如此。

張瑞芬認為散文此一文類的成熟期特別長，斷代的意義不大，主要原因是不確定因素太高。不像新詩有「X19全球華文詩獎」，尋找年輕詩人，並逐漸形成新一代創作詩群，散文作家雖然不乏年輕獲獎的例子，如湯舒雯獲全國學生文學獎、劉祐禎獲林榮三文學獎，但寫作散文在架構組織與字句鍛鍊上，的確需要一段時間的學習與積澱。近二年《聯合文學》與《文訊》雜誌分別關注到七年級（或大陸「八〇後」）的創作者，正如水到渠成，本選集以七年級作為斷代，正是注意到七年級前半段的散文作家，即將步入三十歲，創作的歷程也累積不少的時日，這些作家逐漸形成個人特色，也足以進入文學史的觀察中。

現今散文的分類越分越細，有雜文、美文、小品文之名，內容上也有都市散文、佛法散文、生態散文、旅行散文、飲食散文、軍旅散文、醫療散文、幽默散文、自傳體散文、家族史散文等分類，太多的分類方便說明，但卻也產生更多難以歸類的窘況，當然這些分類與承繼，在各世代的創作中依然可見，七年級也一樣。

如鄭宇辰〈夢谷〉、〈記憶涼山〉、〈遠行，在風雨前夕〉的自然寫作，讓人想到吳明益的創作，尤其〈夢谷〉一文循山水訪蝶的經歷，寫生態環境遭破壞的情況，同輩作家中少有人關注此領域。湖南蟲〈夏哨〉、〈滿月之哨〉與李時雍在《幼獅文藝》專欄書寫軍中生活，軍中生活是男性作家的共同經歷，湖南蟲〈夏哨〉一文曾選入唐捐主編《臺灣軍旅文選》，是書中唯一的七年級生，他用詩筆書寫這段生命歷程，多些抒情的感懷，反而不似其他六年級作家筆下的詼諧或焦慮；李時雍以電影名稱為題，彷彿述說人生如戲，也使軍旅生活少些埋怨，多些抒情當下的美感。黃信恩、蔡文騫與陳璿丞以醫療為題材，比鯨向海更直接地探究或質疑某些價值，並書寫實習醫生與擔任醫官的甘苦談，尤其黃信恩寫到許多關懷面向的文字，讓人想到吳易叡〈白色巨塔外〉，這類的書寫似是年輕一輩醫學院出身的創作者較常發聲；蔡文騫〈尋訪偕醫師〉則提到人文環境的「希望與安詳」，方是治癒一切的力量，反思高科技、高技術醫療的補白，〈午後的病房課〉寫與老病人筆談，亦是強調關懷、耐心、同理心，方能得到更深層的感受；陳璿丞與黃信恩一樣寫下大量的「醫學生日記」，除了生活、工作，還有與觀覽醫療相關的影片、書籍的心得，〈不安於室〉一文則寫過動症的小時候，最後透過閱讀自行解答生命突兀的問題，這篇文章由孩童觀看父母的反應，刻畫仔細。這三人文字多半沉穩，不至於顯得激烈，宛如古典樂般有規律，在架構上也十分勻稱。羅毓嘉在《中國時報》「三少四壯集」專欄則返身書寫同志身份與日常生活，回顧高中生活，當時的「二十一世紀少年」如何成長，書寫與行動並進，他一向大膽書寫，寫流行文化，寫情慾，「其實想要交配」，毫不迴避，寫疾病，〈中魔者〉一文直剖，「承認自己有病，不是件易事」。在小說與新詩，都可以看到明顯的同志題材，散文方面似較隱微，這可能也牽涉到散文書寫「真實」的觀念，但七年級世代已經比較敢大方書寫，第十三屆臺大文學獎得獎的散文作品中，就不乏有書寫跨性別與同志題材的，這都是較六年級與之前的作家更勇於站出來表現自我。

書寫親情題材一向是文學獎也是報刊媒體最常見的，如陳栢青〈傀儡戲〉、〈武俠片編年史〉，透過洗頭與觀影刻寫與父親相處的時光，過去與現在，匱乏與填補，重現血脈傳承的不可分割。黃文鉅〈就木〉寫父親病後，兒子回憶身為木工的父親與自己若即若離的身影，巧妙以程式的術語對比這些斑駁的記憶，成長的歷程反而讓兒子去認同父親的職業，瞭解歲月的包容。羅毓嘉〈二十自述〉以父親與年紀頗大的情人雙線敘述，由篇首的「戀」到篇末說出的「愛」，這中間無法擺脫的，就是父親的幽靈，「才發現即使逃到世界末日，還是要與你永恆地牽繫」。謝明成〈脫身術〉寫欲脫身離去卻又時時牽絆的親情，從自身感官寫起，衣物與一切表層層層脫去，實則層層穿戴在身，面對所有的關係，「表演著拿手的脫身術」，其實都含著親人的理解，自知責任所在。湯舒雯〈初經・人事〉寫自己的身體，也寫到同為女人的母親，「從來就沒得選擇」，坦然面對自己的身體，謳歌這神聖殿堂；她的〈「客」居〉、〈食飯人家〉則放大到家族史的脈絡，讓人想起張輝誠書寫父母，然而湯舒雯溫柔的筆觸又別具特色，流離與定居，骨子裡有著堅韌的特質。蔡文騫〈我兄〉記憶罹患肝病的兄長，探視與尋蹤的過程「用以指示辨識那連綿相疊而彼此遮蔽、分叉開散又交互匯流的記憶」。李時雍〈夢旅人〉、林力敏

〈不斷長高〉寫外婆，黃信恩〈時差〉寫奶奶，都寫老人家晚年的病痛，李時雍用夢旅這恍惚迷離的筆觸刻畫外婆一生流影，這流影中有自己參與的身影，她即將啟程，前往下一站。林力敏的外婆則是罹患失智症，記憶不斷倒退，反倒認為孫子長高了，林力敏用類似「班傑明的奇幻旅程」的電影手法，「我不斷變老不斷長高，外婆不斷年輕不斷縮小。有一天我高得能擎舉蒼穹，會輕輕捧起縮成胎兒般小的外婆，呵護她，保護她」。黃信恩則注意到時差，不僅是奶奶的時差，停留在某些時刻，父子也在那時差中，父親總把他當孩童，又逞強以為自己還年輕，相似的時差牽連起三代的感情。

七年級作家不僅有所承繼，更有新創的部分，主要是在流行事物進入散文題材，以及大量百科全書式的寫法，可看出因應著這時代變動。如甘炤文〈衣所欲言〉，文中充滿各式各樣穿搭哲學，對衣服的品牌、款式、質地、色澤，飾品的樣式、使用的流行電子產品、閱讀的書籍等等，下筆淋漓盡致，令讀者目不暇給，而不時出現的安伯托．艾可、薩皮爾、三宅一生，為這流行的一切背書，用調侃的語氣指示流行的方向，那些好哥兒們永遠不會退流行，因為他們本身就是FASHION，密不可分，缺一不可。閱讀此文，頗覺種種鎔鑄文史的字眼彷彿在向朱天文《荒人手記》致敬，那些色澤、款樣的搭配，那些文藝知識，甚至佛教音樂那段，都神奇的呼應，然而甘炤文所書寫的服飾器物更加新穎，人際之間的關係也相形複雜，依然昭示兩個時／世代的差異。黃文鉅〈宅男物語〉則用kuso的口吻，嘗試用輕鬆的語氣來介紹「宅男」，宅男是從日本用語轉變成本土用語，「在地化」之後不斷衍生各種意義，他不斷使用括號加註腳，乍看之下與傳統散文體式頗不相類，或可視為一種突圍，在習以為常的散文陳規中，開創新的書寫範式。文中也是大量鎔鑄古典文史與西方文哲，顯得聲勢浩大，這類百科全書式的書寫似有某些繼承與轉化，有個人特色。林力敏〈拍貼式自溺〉亦是相似的情況，拍貼源自日語プリクラ，在台灣稱作大頭貼，現在的大頭貼已經有種面板，甚至如文中所言可以產生類似扮裝的效果，「你是維納斯或納西瑟斯，自溺最深淵，侯佩岑算甚麼？金城武算甚麼？」讓男男女女眾生「自戀自慰自溺自陷」在各種角色扮演中。簡媜認為此文

「頗像拍貼說明書」，其實正點出這類百科全書式寫法，他在字句上也嘗試要活潑，但不如黃文鉅宅男式書寫這般大開大闔。江凌青〈自助餐式書寫〉，將自助餐菜色換算為塔羅牌，這分巧思增添無比趣味，乍看之下這很油膩很不起眼的場所，經由她不斷舞出新的姿態，吃下去的不只是奇怪組合的菜色，還有身旁的耳語、電視新聞等，一位都市人的寂寞或許和菜色一樣單調，排隊點菜吃飯回收一般流程，但鉅細靡遺，卻是最微物的書寫。另一篇〈回收青春期〉也像是一本指南，到一座新城市時，我們依賴指南，依賴學過的知識或常識，然而青春期時「不斷讀到的城市」，在她眼中成為「在舊時代的餘燼裡尋找新路的世界」，什麼都在改變，但學過的、看見的事物會繼續呈現，重砌成新的倫敦。再看到言叔夏〈馬緯度無風帶〉中的李維史陀、卡夫卡以及電影大師，許多共有的知識體系，彷彿可以統計出來，更不用說李時雍以電影與文學作品名稱為題的書寫，透過電影與人生的互涉，相互定義，在六年級的創作者中頂多偶一為之，但李時雍堂而皇之使用，讓人想到林夕為王菲寫下那些〈笑忘書〉、〈百年孤寂〉的歌曲，與大師名著相互輝映。可以發現這些文章中，知識不斷被召喚出來，無論被排列被堆砌，形成某種學院性的特色，這並非缺點，反倒可說是這一世代的某一特色，畢竟每個人的文章還是有「辨識性」，聲口不一，脾性有別。

張瑞芬曾形容六年級作家：「他／她們通常是碩博士班學生，有著耀眼的文學獎履歷，典型的電腦世代，有個人網站或部落格，一長串密麻網址附在姓名下面。他／她或許屬於一個文學社群，或許有自己的讀者網絡或交流平台，如深海魚群般用MSN在黑夜交換魚語，一邊放MP3，一邊在個人新聞台、奇摩拍賣網之間多視窗切換，另一手還可以寫詩（或小說）。可預期的未來，大多走向學術、創作兩棲路線。後現代都會為共同成長經驗，網路是他們的新鄉土，外加一個可疑的戀人在遠方。」七年級的作家們也擁有網路的資源，也多半處於學術、創作雙棲的狀態，除了寫散文，如湖南蟲、李時雍、黃文鉅、湯舒雯、蔡文騫也跨足詩的領域，黃信恩與陳栢青也寫小說，羅毓嘉更是散文、詩、小說三棲。然而時代改變更加劇烈，網路也不再只是固定的平台，plurk與facebook讓訊息流通更迅速，也使網路社群的板塊逐漸挪移，blog與新聞台肯定還是會存在，是否會受到衝擊仍有待觀察，但網路對書寫的影響，特別是對於「經驗」的彌補或匱乏依賴，這些年也更易顯現出來。百科全書式、指南式的寫法，是突圍或是依賴，是特色或是包袱，都有待進一步觀察。

上文大致規模七年級作為一個斷代所突出的特色與重要性，與六年級、與前代作家有何承繼與差異，全面地將許多作家放進論述中。限於篇幅，本書所選入的八位作家，出生於一九八二年到一九八七年，在創作上各有特色與路數，甘炤文與黃文鉅受傳統文學的陶冶，更能吸收外國文學的質素，將之運用於散文書寫上，錘打拉長原有的句法，讓散文更富節奏性；言叔夏則是將詩化的因子融入散文中，感情的題材雖然人人都會涉及，然而言叔夏的書寫不只是悲歡離合的線性敘述，她的情感書寫充滿辯證，感傷不只是靜態的；李時雍的書寫亦以抒情為主，通過社會學的訓練，他的散文中多一分冷靜，除了書寫軍旅與親情、戀情之外，他更注意必須透過書寫反思自我的主體，希冀能有紮實的思維基礎；黃信恩與蔡文騫在醫療書寫上的有情關懷，正是他們的作品獨特且值得一再深讀的誘因，接下來要如何發展與開拓書寫的視野，都是值得期待的；被稱為「習畫習藝術史習電影史的漫遊者」的江凌青，從餐館飲食指南到旅遊指南般充滿智識性的引領，讓飲食與旅行的書寫產生新的變化；湯舒雯除了書寫親情，選入書中的〈藍駱馬〉一文，更觸及到外籍家庭的教育問題，這一社會層面的關懷亦足珍貴，更是同一世代的創作者可以開發的議題。

誠如鍾怡雯所言，在《台灣現代散文史》尚未出現之前，選本即是另一類的藍圖。這一本《台灣七年級散文金典》也可看作台灣現代散文史嶄新一章書寫的開始，這八位創作者如同一個個新座標，標誌著書寫技巧成熟與別具個人特色的散文躍然紙上，在文壇上具有一定的指標性。我們也期許這些作者能夠繼續深化目前的書寫與關懷，也要勇於開發與嘗試，無論形式或內容上，讓書寫的面向更多元，進而能夠誘發更豐富的現代散文研究與創作。

目次

江凌青

李時雍

甘炤文

湯舒雯

蔡文騫

口腔，這異色而迷亂的天地，
唾液於此漫流，
食渣於此肥沃，
微生物於此繁衍，
細菌、真菌、甚或浮游生物，
各自伸張生存野心，一座激躁的亂世。

扼口
鬚張聲勢

黃信恩

西元一九八二年生，高雄醫學大學醫學系畢業，現任職國立成功大學醫學院附設醫院。創作以散文為主。作品曾獲聯合報文學獎、梁實秋文學獎、全球華文青年文學獎、時報文學獎等獎項，並入選九歌年度散文選、天下散文選。著有散文集《游牧醫師》。

桂冠與蛇杖
——小論黃信恩散文

趙弘毅　撰

習醫者投入創作的情形，華文讀者並不陌生，而近幾年獲獎連連的黃信恩，可謂台灣龐大醫師作家群中最受矚目的生力軍。關於其數年來發表的創作，泰半取材自醫學生涯，當他以生活瑣事切入行文時，每每拿醫療素材為譬況，自醫療經驗發揮時，又常扣回生活中的俯仰居息及情感紋理，或思索醫病中的人文精神，或直視病痛中暴露的生命本質之脆弱。黃信恩的小品篇幅信手拈來，慧黠輕盈卻中肯，笑談間有無奈；長文則結構精密，翻轉間抵達人性最複雜的幽曲所在，往往觸及生死命題、疾病隱喻及父子關係。得獎諸作雖多見結構之經營痕跡，但其運筆往往流利而不鋪張，修辭乾淨且節制，作品深刻之處在於其細緻體會，以及作為醫者對生命的有情觀照。

〈扼口〉曾獲大獎，可說是黃信恩在文壇嶄露頭角的典型醫療作品。全篇從「口腔」出發，抵探生命的種種艱難，那或是人際、欲念、生死的悲欣交集與身不由己。黃信恩透過反覆接觸病人口腔的各種經驗，聯想、詮釋期間身心苦痛的諸般肇因，冷靜的字裡行間並不透露太多作者情緒，實際上是在不捨的凝視中，看見人生在世的不堪矛盾與卑微尊嚴。而〈鬚張聲勢〉取材出奇制勝，專務去病保健的醫師與擅長傳播疾病的蟑螂，竟因鬍鬚被擺在同一個平面上，看似違和的素材，卻在作者旁徵博引兼及生活經歷的恰當剪裁中，和諧共處，黃信恩自在出入鬍鬚的各層面：形象、災異、生活機制、性別權力等，藐小微物於此得到精彩發揮。〈鬚張聲勢〉行文未若〈扼口〉沉重，日常感較強，在在展示黃信恩散文的輕重兩面；醫師背景作為一個特殊視角，黃也不偏廢生活的吉光片羽，其開闊多姿指日可待。

扼口

嘴巴張開。

啊。再大一點，不行，舌頭擋住了，放輕鬆。

H1N1持續橫行，我重複著繁瑣的採檢流程。防護衣、手套、N95口罩、帽套、護目鏡……，防備一層覆上一層。常常，我感到呼吸有些窘迫，眼鏡起霧，髮根潮濕，笨重地踏進隔離病房採樣。

以前簡易的喉頭取樣，如今變得囉唆沉重。我拿出壓舌板，輕壓舌頭，病患有點想作嘔。接著以筆燈探照口腔，隨即拿出咽喉拭子刮抹取樣。

還好病患是成人，配合度高，採檢過程順暢。我想起先前在兒科病房，喉頭採樣頻繁又緊張。小朋友或哭、或踢、或鬧、或緊咬壓舌板、或牙關緊閉，他們鮮少合作，或許在被綁、被制伏之後，只能視口為最後防線，力抗白袍，誓死也要捍衛口腔。

約莫那小小年幼，人類便懂得扼口，一種生命的主權宣示。

◆ ◆ ◆

「來兒科，先學會打開他們的嘴。」我始終記得實習時，一位兒科醫師和我說。那時，同學間曾彼此練習喉頭採檢及口腔檢查。

嘴巴張開。

我拿出筆燈，光線照出一枚垂晃之物。這是懸壅垂，小小的葡萄，彷彿有只彈簧裝置其內，在呼吸與吞食間精巧升降。

懸壅垂過後是咽喉，肅穆地扼守口腔最深層。不容干犯，不允嬉鬧。筆燈探照其上，是瞪視的反光，一種噤聲的警示。當色澤轉而紅豔，是發炎的記號、疼痛的色度。

筆燈往上照，這是顎，口腔的天花板，紅潤的天幕；往旁照，是扁桃腺，口腔世界的保全系統，以化膿與腫大，暗示感染的劫數。

往下照，舌也，善變而靈巧地伸動著。仔細看，舌上佈滿眾多味蕾，酸甜苦鹹於此共榮。生命的滋味。讚美與咒詛都來自同條舌根，禍端與祝福於此共載，善緣與惡緣從此締結，這是口腔裡最聖潔也最邪惡的一塊肌肉。這裡，有人的挑剔和憎愛，有人的饕餮和品鑑，華麗又齷齪。

環照四周，這是齒。臼齒、犬齒、門齒、智齒，或蛀、或闕漏、或結石、或牙斑，齒縫間盡是一則則衛生隱喻。當牙色偏黃轉而黯淡，我知道這是關於尼古丁的深陷、癮的無可自拔。

不只是齒、牙齦，還有之外的口腔黏膜。我曾在愛滋寶寶身上，看見一張鵝口瘡的嘴。白霧病灶散生口腔，開了一口疼痛的豆腐花，後來證實是被念珠菌感染。但寶寶不懂得訴說疼痛，僅能閉口拒絕食物嚥下，薄弱地哭鬧。

筆燈關上，口腔暗去，視覺以外的是難以捉摸的口臭。

口腔，這異色而迷亂的天地，唾液於此漫流，食渣於此肥沃，微生物於此繁衍，細菌、真菌、甚或浮游生物，各自伸張生存野心，一座激躁的亂世。我曾閱讀過一篇報導，指出口腔內細菌約略三百多種。原來，我們都含著一個生態，咀嚼一座不安的世界。

口腔還有自己的年齡。我曾在一本雜誌讀到「口腔年齡」的理念，作者是位來自大阪牙科大學的教授，指出藉由蛀牙、牙齦顏色或質地、發炎狀況、齒齦結合、牙結石等衡量標準，計算口腔年齡。

嘴巴張開。

啊。乖，要聽話，等會才有糖糖吃。再不聽話，就要打針。

在兒科受訓那陣子，我看過孩子一張又一張的嘴，有人舌頭紅腫，狀似草莓，猩紅熱或川崎症的線索；有人滿嘴水泡，遍口潰瘍，腸病毒暗忖於心。誘之以利，恫之以刑，看著孩子被哄、被騙，才勉強張了小口，我能理解，因為我也曾是那哭鬧抗拒的孩子。即使成年，仍厭惡任何器物伸入我的口腔，特別是壓舌板。那鎮壓舌尖的，總顯得暴力，因為舌尖上有憤怒、論斷，也有一支民族的語系。

又如吞胃鏡，這簡直是侵略。至今我仍無法忘記吞胃鏡的作嘔、難耐、飽脹。我乾嘔了幾回，感到胃即將翻出，深刻體驗到自己強烈的咽反射。只要異物輕觸咽後壁，我便感到劇烈噁心。

作嘔，本性的反撲。

◆　◆　◆

嘴巴閉上。

什麼都不要說。

有天值班晚上，我在走廊上聽見男子和孩子叮嚀，要他對阿嬤的病情封口。膽管癌末期，肺轉移。血色素低，白蛋白低，腹部及下肢水腫，嚴重營養不良。

「醫生，她還不知道病情，我們不想讓她知道，希望她沒有痛苦，沒有掛慮……。」家屬和我說。

阿嬤氣色差，對我的問診不發一語。家屬說她脾氣有些倔強，可能因為久病，有些憂鬱。

嘴巴張開。

啊。妳要吃飯。家屬在旁哄阿嬤吃飯，但她食慾一直都不好，噁心嘔吐是常事。我向家屬解釋插鼻胃管灌食的必要性，但阿嬤以手罩住口鼻，拒絕鼻胃管的插入。

阿嬤始終不知道自己的病，也未曾索問，或許她倦了，疲乏了，痛慣了。我注意過她的眼神，不是臥床老人那種分散的恍惚，而是凝聚的陰鬱。眼裡有許多抗拒，想迴避，想撤退，是清醒而飽含思緒的。

我在病歷簿首頁貼著一張字條，寫著「病患不知病情」，並提醒我的實習醫師，接觸阿嬤應有的言語戒慎。

「寒暄就好，病情一字都不要提。」

嘴巴閉上。

當上住院醫師以來，我曾幾次被要求封口、演練善意的謊言。除了癌症，那些疾病與病史背後，往往包藏著嫖妓、吸毒、竊盜、走私或虐童。這謊言，用善意包裹惡意，混淆不清，拉鋸對峙。

我克制唇舌，收闔情緒，在道德與典章間，也在實情與信賴間。

「我以前吸毒，現在改玩大象（一種麻醉藥），沒錢了嘛！這個不能寫在病歷上。」

「我上個月去泰國嫖妓，只有口交。這只和你說。」

曾有主治醫師和我聊到，一名病患驗出HIV陽性，要求保密，並保證不與妻有性行為。但主治醫師還是告知了病患的妻子，並通知她應受檢HIV。然後，是一場婚姻的碎裂，家庭的毀滅。

嘴巴閉上。

什麼都不要說。

「她不知道病情。」

那晚，我又聽見男子和護理人員叮嚀，關於阿嬤病情的封口。

◆ ◆ ◆

嘴巴張開。

啊。不行，什麼都看不到，麻煩再張大一些。

有天值班，我正為一位鼻咽癌經電療的病患採檢。他的口腔很窄，嘴張不到二指幅，嚴重纖維化。這使我想起實習時，曾遇見一位呼吸衰竭的阿公。當決定緊急插管時，阿公口緊閉，後來勉強撐開，卻吐出一灘墨綠汁液。費了一番功夫，插管終於成功，接上呼吸器。讓機器掌管呼吸。

總會有些口腔特別窄小，讓我無意間想起。暗去的視野，隱現的構造，似乎都有著堅持。

堅持，更在口腔外表。

有次，一位口腔癌病患和我聊到，他寧可其他器官長癌，也不願口腔長癌。我望著他削去大半的臉頰，盡是皮瓣移植的紋路。那滴著湯汁與血水的病灶，把病痛與折磨襯得鮮明。厚重紗布層層堆疊，卻難掩潰爛之口——生命美感的要關。他緩緩吐出幾句話後，嘴巴閉上。沉默。與我對望。

彷彿閉口以後，腥臭可以緊緊密封，情緒可以靜靜消化。

嘴巴張開。

「難過就說出來，沒關係的。」社工對他說。

嘴巴張開。

啊。再張大，妳要吃飯。

幾天後，當我來到阿嬤身邊，看護正試圖以碎豆花餵食，但阿嬤始終不張口。即使勉強吃了幾口，便又吐了出來。她開始力抗美食，與肚腹作對。不久陷入昏睡，心律不整，呼吸淺快，血氧濃度不足。

「讓她順其自然吧！我們不要急救，不插管、不電擊、不心肺復甦。」家屬說。我想著家屬口中的「不插管」，鏗鏘而堅決。或許人老了都要守住口，拒插管是最後的防線、最後力薄的抵禦，即使隱含了放棄。

那個清晨，血壓漸降，心跳漸趨緩慢，阿嬤終究是離去了。沒有人硬生生扳開她的嘴。她扼住了自己的口，靠著面罩勉強擠壓空氣呼吸。微薄殘喘裡，扼守尊嚴與寧靜。留一口氣回家。

然後，嘴巴永遠閉上了。

◆ ◆ ◆

嘴巴張開。

啊。很好，忍耐一下，有點不舒服。

至今，H1N1疫情尚未控制，因為工作關係，我仍不定時接到疑似案例，得全副武裝進行採檢。望著那口腔，我總訝異：這方寸大的腔室、幾句舌尖話語，竟可唧起紛爭、叼來災禍、吐出悲劇。

有人說，腦為人之首、生命之中樞；也有人說，心為人命之所在；我則感到口為人之要。氣息之口，肚腹之口，言語之口。挾喘呼，扼嘴慾，守密情。在這病毒動亂、飛沫都充滿不確定性的時節裡，口更關鍵著一場人類瘟疫。未知的劫難。

於是，早自初出嬰幼，老至日暮垂矣，人們扼口，保住一口氣息，留出生命的通道，故事的出口。

原載於二〇〇九年九月十八日《聯合報》

本文獲「第卅一屆聯合報文學獎」散文大獎

鬍張聲勢

我一直覺得鬍鬚是有思慮、或具想法的。

有回旁聽一節「醫師禮儀」的課。課堂中，講師從穿著、髮型、領帶、鞋襪……，鉅細靡遺地教導醫師如何從打扮樹立專業形象。

「把鬍鬚剃掉吧！」講師說。

仲剛隨即分享一則被糾正蓄鬍的事。那是他當實習醫師的事。當年，他崇尚日本演員渡邊謙，蓄了一臉短悍的絡腮鬍，滄桑不羈，卻被一位留日教授痛批無精打采、有失專業形象。

仲剛是我高中朋友，那時他就給人一種「毛」的感覺，體毛特別濃密，是會讓蝨蚤迷路的那種。十七歲就天天刮鬍子，朋友都暱稱他「虯髯客」。仲剛膚黑，鬍鬚一長就失了秩序，整片下巴盡是不休止的生命力，像雨後沼澤。

仲剛說完，大家陷入思索，鬍鬚真會影響醫師的專業形象嗎？

我們不約而同想起一位蓄八字鬍的主任，或許過於習慣他兩撇黑鬍的模樣，以致於想像當他剃了鬍後，好像有些權威、諳世的感覺就從臉上喪失了，是會讓人感到平庸、老智慧淡去。

我讀過一些中國傳說，那些解答蒼生惶惑的長者或仙人，往往蓄有長垂白鬍。似乎這是一種睿智、沉著的標記，甚至是一道警語——告訴你他洞悉一切，你的欲望與血氣、短視與虛榮，逃不開他視線。因此你得安分，別逾越了輩分界線。

人鬚如此，動物鬚亦然。

我曾聽寵物店老闆說：貓鬚剪不得。據說，貓鬚根部神經發達，只要輕觸，便能感知風吹草動。甚至，神經至此連結眼瞼，當有災禍，隨時閉闔，以護雙眼。因此在貓身上，鬍鬚是警覺、亢奮的，隨時都在思考，探查環伺的善意與惡意。

古有「捋虎鬚」一辭，拔虎之鬚，放肆膽大，後來引申從事冒險之事。但從字面，鬍鬚似乎是神聖、不可褻玩的，對老虎而言，那是一種無聲的巨大權勢。

某個夜裡，我突然感到上唇一種既癢又曖昧的輕拂。矇矓睜眼，一隻蟑螂靜伏眼前，像雨刷擺動著觸鬚，彷彿正估算我的一舉一動。

然後，我醒了，徹徹底底地醒了。接著開燈，按兵不動拿出脫鞋，就在這時候蟑螂開始移動，牠不走直線，而是搖擺著觸鬚橫衝直撞，緊接一個大迴轉，然後就飛起來，停在衣櫃上，鑽進貼牆縫隙，不見了。

我愣在氣氛僵硬的房裡，彷彿蟑螂世界中，有套分明的軍制——有些蟑不善飛行，鎮日徘徊陰暗管路，或打滾於廚餘桶，是陸蟑；有些蟑會在氣候驟變時，飛進居家樓台，是空蟑；還有一群蟑，我曾在東北角海岸看過，牠們慣於從岩縫中謀生，嗜鹽，抗風霜，那是海蟑螂。陸海空，蟑螂帝國的嚴謹軍制，向人類世界的角落佈局著、伸張著，宣示蟑螂這等老油條，是演化史上的活化石、地球的主人，歷久不衰。

於是，這個夜很不安，大蟑一定躲在角落冷冷監視我。其實對於蟑螂的恐懼，我是有選擇性的。斷腳的、折翼的、圓小的、跛行的，我不畏懼，因為只要一踩，故事就結束。但我恐慌於飛蟑。飛蟑是具氣勢的，牠的路線是3D的，觸鬚長挺，腳毛如荊棘，光是模樣就先發制人。

我在床上翻來覆去，腦中不時重播方才大蟑擺動觸鬚的模樣——那是牠解構塵世、試探人間的方式。我以為，蟑螂之鬚，是靈魂所在，那擺動快的，代表思慮快、悟性強，是富攻略、深城府的。

那麼，牠會不會趁我熟睡時，從床底爬了出來，沿著足背、小腿、大腿內側，然後攢進我的四角褲內？或停在大腿上，以觸鬚探索褲襠內在（喔，這是公的）？我想到就全身發麻。

曾看過一項以「蟑螂觸鬚」為題的科學展覽。學生準備一只紙盒，裡頭放花生粉與鉛筆屑各一小堆，顏色相仿，之後將蟑螂置於盒內。不久，蟑螂開始以觸鬚探觸這兩小堆物質，然後爬往花生粉堆大啖；之後，學生再將觸鬚剪除，此時有些蟑螂無法直接前往花生粉堆，可能先到鉛筆屑堆，淺嚐，發現人類無聊的惡作劇，才轉向豐美的花生香裡。

這個實驗有趣，卻只說了觸鬚與嗅覺相關。關於觸鬚的聽聞，我聽過還可以感知費洛蒙、震動、溼度、空間、求偶情慾等。然而最讓我驚豔的，是一集以蟑螂為題的 Discovery 頻道節目。

報導說，蟑螂以觸鬚達成「集體決策」。最有趣的是，當一百隻蟑螂遷徙他方，假使這地方有五個藏身之窟，牠們便會透過觸鬚，彼此分配協調。當第一窟住滿卅隻，便往第二窟住；第二窟滿卅隻，便再往第三窟住。因此你能想見，第四窟只住十隻，第五窟則是空穴；一旦窟內繁衍過剩，便會重新分配，此時有些蟑被迫搬離，遷籍下個空窟。

那是一種國宅抽籤嗎？我感到不可思議，對報導存疑。那麼，與我同居的大蟑如何解釋？牠是在蒐集食材情報中迷途了？還是孤芳自賞，決定離開濁濁暗室，投奔光明？

無論如何，這則報導告訴我：蟑螂以觸鬚撐起生活骨架，生活裡多數的訊息，都匯進觸鬚，那是生命之鬚啊！在牠們的世界裡，視覺反而不那麼重要。牠們過一種嗅觸生活，和人類的聲色生活很不一樣。

◆ ◆ ◆

隔天早上，我照例洗臉刮鬍，赫見鏡緣停了一隻大蟑，觸鬚長伸，應該是昨晚那隻。我放棄盥洗，因為一雙讓我發麻的觸鬚。

為什麼同樣是「鬚」之屬，蟑螂之鬚就有如此氣勢，讓人撤退？而人類的鬍鬚呢？單單只是一種性別裝飾，告訴對方我是男性嗎？有沒有可能，也是一種氣勢所在？

我想起一次參加英語禮拜。那天，來了一位中東朋友。我對他的第一印象是，好笨重的鬍子啊！很賓拉登。厚厚一把，宛如巨大毛筆。

會後，我們幾位對阿拉伯世界陌生的華人，便帶他逛夜市、品嚐台灣小吃，然後就聊到他的鬍子，比方蓄多久？如何清理？如何保持光澤？接吻呢？

「男人沒鬍子，就像貓沒尾巴。」他打了一段比方。據說，這是阿拉伯俗諺。好嚴重的口吻啊！在女權高漲的社會裡，我很難想像沙漠與駱駝的國度，女子蒙面，男尊女卑，鬍鬚是男性臉上的基本款，一種性別的權位。

曾經，鬍鬚帶著左派思想，比方馬克思與列寧；六〇年代，嬉皮族的鬍子隱喻著與社會對抗，存在一種作對勢力。

有天，我和仲剛的女友 Betty 吃飯。我問她最欣賞仲剛哪一點？她說：「鬍碴！」我問為什麼，她說不上來，只知道喜歡鬍碴的膚觸——刺癢的幸福。

我或能理解她的幸福。有次，行經 Subway 潛艇堡店前騎樓，隔著落地窗，赫然瞥見一個昭示路人的親暱鏡頭：Betty 把臉頰貼在仲剛的下巴，撒嬌，笑鬧地磨蹭，然後就接吻了（非禮勿視！我知道的，但還是忍不住多瞄一眼）。

曾看過一則英國新聞，調查發現生育年齡的女性，普遍認為「短鬍」男性是婚姻或一夜情的理想伴侶。長鬍過於拖泥帶水，淨鬍又顯得柔弱，只有短鬍，淺淺一抹，速捷、奔放、強悍，是蠢蠢欲動的陽剛，告訴女性：等妳來探索。

或許受到足球明星貝克漢的影響。近年來，「型鬍」大行其道，但並非每個男孩都有本錢，首先鬍量要大，當蓄成絡腮鬍後，依據臉型，以剪刀修剪強烈線條，費工耗時，為要聲明自我。我的蓄鬍朋友大多留那種稀疏、自然風的短鬍；少部份蓄山羊鬍；帶著邪氣的八字鬍，則幾乎沒人留過。

◆ ◆ ◆

大蟑出沒後，我陸續幾次在屋角與牠不期而遇。但奇怪的是，一週過後，就不再遇見大蟑。或許牠已摸熟我的出沒動線、生理作息；或許牠感到這裡家徒四壁，不是一座合格的糧倉，決定轉換據點；也或許牠認為不需虛耗光陰與我相抗，生命該回歸自助餐廳外，那美好大方的餿水與廚餘。

有天，我決定清洗廚房。抽出冰箱底盤時，赫見兩顆蟑螂蛋，圓潤飽滿，宛若兩枚設定時程的未爆彈，預計迸出千萬小兵。我思忖，是大蟑產下的嗎？還是另有母蟑進駐？我想到那隨時乍現的觸鬚，就感到一陣疙瘩，那是不可解的蟑界聲勢。

有時，我會想起人類之鬚的功能薄弱，不過，對熱戀中的Betty與仲剛而言，這會是例外，因為他們正藉鬍鬚感受彼此的費洛蒙、體溫與心律，宣告著一種滔滔而來的，愛的聲勢。

原載於二〇一〇年十月十一日《中華日報》

作者的話

這陣子把許多時間花在學習腹部超音波上。超音波是 real time 的，一個低迴音區可以是血管、淋巴節、囊泡……，因此那個當下，必須移動探頭，橫切縱切斜切，四面探照，確定眾物身分。

我漸漸覺得寫作也是 real time 的。許多時候都是一閃而過的念頭，抓著那個念頭，往四周觸摸，切取各視角，拼湊一張形體。念頭過了，心就冷了，提筆反而沒勁。

總會希望精準地切視某些病灶，那是必須正視與偵測出的。或許就像寫作，終究是要面對或美或惡的真實。

身體很輕，輕到一直很想離開卻一直離不開。

鞋子很壞，壞到不惜走上岔路卻頻頻踩回原點。

大腦很木，木到一直以為離開之後，就會領略離開的意義。

離開了之後，才發現，一切再簡單不過的本質，其實都難上加難。

宅男物語

原諒

黃文鉅

西元一九八二年生，台灣新竹人。國立政治大學台文所博士生。國立政治大學中文所碩士。東吳大學中文系畢業。曾獲林榮三文學獎散文首獎、教育部文藝創作獎散文組第一名、雙溪現代文學獎散文組首獎、新詩組第三名、全國學生文學獎大專新詩組佳作等獎項，亦曾入選《九十一年詩選》，並出版地下詩集《在劫》。散文〈宅男物語〉入選《青年散文作家作品集：中英對照台灣文學選集》。散文集《無理心中》獲二〇〇九年度國藝會文學創作補助。

通俗的夾縫
——小論黃文鉅散文

何敬堯　撰

徘徊在一座座空間與空間的幽微時差裡，人際間情感斷層舉步維艱，束領迎風的方向又該定位何方？在城市、商品、後現代社會的迷宮語境中，黃文鉅的書寫彷彿獨自欲以古老打火石片磨擦著炬然火光的吶喊，平穩音色的單調反而重重撞出了現世寂寞心情的鏗鏘張力。散文與詩並行的創作下，字句凝練而結實，素讀日本現代文學的習慣，養成了行文中自由穿梭通俗情景與次文化脈絡的修辭風格，既調侃現實又不誇張情緒，而題材選擇大多聚焦檢視E世代文化、媒體廣告、消費世代與個體之間錯綜複雜的纏連體系：生命究竟是更自由或更束縛？在得獎作〈宅男物語〉中，作者侃侃談論自己成而宅男、活而宅男的經驗，從字義、服飾、嗜好、個性等等細節一一詳加考據宅男的文化形塑進程，不諱言而光明正大的態度反而一舉戳破社會既定刻板的「宅男想像」，並自述其無可奈何而自然而然成為宅男的心路歷程，自願抑或被迫的命題如蛋雞誰生的古老詰問（是社會造就了我們，還是我們造就了社會？）被作者以四兩撥千金的生命美學卸力：既然之，則安之吧！而作者在〈原諒〉中的音質是沉重而挾帶憤恨，面對著城市生活，或是電視低階層的感官刺激，皆帶來填滿的空虛，作者質疑一切，卻只能自欺欺人生活著，緘默面對以示抗爭，而相較於〈宅男物語〉幽現實一默的筆法，〈原諒〉的語感則露骨而引人側目。

宅男物語

我是宅男。

我總是足不出戶，習慣家裡蹲。外表不修邊幅，時常鬍碴滿面。我晝夜顛倒，像蝙蝠。生命泰半浪費掉，拖拖拉拉難以自拔。一天只吃兩餐，不是為了減肥，純粹乃時勢所致。

身邊女性友人都羨慕我有苗條的好身材。我看起來一派斯文，蒼白（但並非你們臆測的那種娘炮，也別強作解人以為宅男都是些見不得人的恐龍族）。有人說啦，我左臉像太宰治，右臉像年輕一點的三島由紀夫（請不要說我自戀）。我寧願當個孤芳自賞的才子，也不願當個過街如入灶廚的痞子。我腦力有餘，體力不足。我不常被太陽曬，比較常曬月亮。唯一的運動是爬樓梯。總之聽人說，「大隱於市」的指數愈高，就愈有成為「宅男」的潛力。

御宅族（Otaku），日文原意是指過度耽溺於某物事的人。根據「維基百科全書」的說法，有資格被封為「御宅族」的傢伙，通常是指不論在知識或技能上都遠遠超過一般人的ＡＣＧ（Anime、Comic、Game）迷，而且心神投入的狀況，可謂鶴立於ＡＣＧ迷，堪稱王道之佼佼。

「御宅族」在日文裡原本帶有似有若無的貶意，然而此輩中人近夕爆增，詞意又漸趨中性。大體而言，這詞語的褒貶感因人而異，其中不乏以此為榮者。過渡到了台灣，又衍生了「宅男」一詞，主要指那類幾乎不涉市井江湖的男性同胞（如我），其中也暗喻了對於某物事的過度耽溺，甚至有點離群索居的調侃意味了。

因應後現代潮流，資訊多元膨脹，御宅族的種類與時俱進。除了ＡＣＧ之外，台灣的「宅男」與日本的「御宅族」頗有些出入，充份展露出「宅男在地化」的海島本色。

比如說，日常雖不「健談」，然而私底下個個自封「鍵談」好手。宅之所以為宅者，顧名思義，即是一天廿四小時裡，大概有三分之二的時間都虛耗在家（癱坐電腦前，兩眼巴巴）。更甚者，可以完全不越門檻半步。

所以，你大可想見宅男的衣櫃有多窮酸，不僅衣服少得可憐，也不太熱衷打扮，但不至於面目可憎顧人怨（某種程度而言，宅男算是另一種「居家型男」）。

宅男依嗜好、習性有所區別。有的蓬頭垢面而沾沾自喜（自欺嗎）；有的仙風道骨而遺世獨立（自閉吧）；當然也不乏文質彬彬，卻心如死灰者（自逐矣）。表裡不一的模樣，總令我輩父母萬分詫異——電腦如許可怖，竟將孩子的三魂七魄牽走——他們抓破了頭皮也料不到，足不出戶的現代宅男究竟其來何自。也許他們會懷疑自己上輩子造了孽以致這輩子生下怪胎吧。

宅男的口語表達不太流利，所以宅男不太喜歡跟人說話（偶爾怕口吃）。宅男生性閉俗，難登大雅之堂，要嘛一開口就哄堂噓聲連連，要嘛就是講冷笑話搞僵了氣氛。宅男總是莫名其妙就被發「好人卡」（而且是VIP級的）——（異口同聲，啊，你人真好耶）——看似木訥忠厚，成天被稱作「好人」的濫好人。畢竟成天「宅」在房間，壓根不可能為非作歹。就算要，恐怕也沒那本事兒。

宅男情同不慎涉入蘭若寺的書生，註定落魄無門，窮盡畢生的精氣，也無由救贖。鎮日戍守電腦前，除了掛線在BBS或MSN上賣力「鍵談」之外，就是ACG了。據可靠消息指出，宅男將是人類遭到數位科技制約後遺症的首部曲。網路成癮，淪為宅男生命中不能迴避之輕。

在宅男世界裡，人際互動漸漸分崩離析、乃至變質、扭曲。我們再也回不去現實的世界，一味義無反顧投奔虛無的疆界——自以為遼闊，其實疏離。看似峰迴路轉，卻是步步絕境。彷彿回到了現代性興起的十八世紀。人生忽然就變得好存在主義。

宅男的成因其來有自，不乏歷史脈絡可尋。相傳孔子之子孔鯉，自幼博覽群書，每當他巴望著窗外孩童奔跑嬉遊的身影，便會躡手躡腳溜至門邊，孔夫子見狀只是一派正襟危坐，問道，十三經讀完了沒呀？於是，可憐的小鯉只好乖乖回到書房。接二連三又試圖開溜了幾次，都被父親給抓包、勸退了。（唉，孔鯉的早夭勢必與此有關。）其之所以宅者，非其所願，遂導致抑鬱而亡。反觀現下的宅男，心甘情願賴在家，頗有「雖千萬人吾『宅』矣」的氣魄。而孔鯉確實可謂古代宅男之首選。

再者，歷代秀才、舉人之流，也是名符其實的候選宅男。閒來無事家裡蹲，這票「K書之王」，十年寒窗，唯有無語問蒼天。他們不像現代人，抽空就能出門摸魚、串門子、壓馬路。相形之下，古代人足不出戶多半事出有因，現代人足不出戶的理由卻相當令人傻眼。

話說回來，宅男族群中除了「哈電（腦）族」佔最多數，尚有「漫畫族」、「類型小說族」、「手機族」、「模型族」、「拼圖族」、「音樂族」、「哈日哈韓族」、「嗜睡族」、「月光族」、「莫名其妙族」……光怪陸離無奇不包。我們好比《神雕俠侶》裡的楊過或小龍女，自詡古墓派傳人，不食人間煙火，終年窩居山洞，潛心修習玉女心經、鍛鍊等級（線上遊戲的武藝累積關卡）。餓了，就喝蜂蜜……喔不，是喝飲料、吃泡麵、嗑餅乾。累了，就聽它三千首流行情歌，沒日沒夜不打烊。永不無聊，永不匱乏，生命為我們重新開啟了一扇大門，任我們在虛擬和現實的國界穿梭無度。

如果在房間，一個宅男，可以做的事情實在太多太多了，一點也不無聊，除了偶一回魂的寂寞之外。比如看韓劇看到灑狗血的橋段，即便放聲大哭也不用害羞。又比如現實裡我只是個手無縛雞之力的窮酸樣，一旦涉入線上遊戲的世界，除了執戟持盾，我還可以使出渾身法術，斗轉乾坤，哪怕萬夫也莫敵。現實世界的渺小，在宅男的世界裡，獲得無限上綱、放大的權限。我們擁有自己的轄治，與主宰。我們是我們自己的王。儘管在別人眼中，我們只是一群無所事事、阿里不達的瘋子。

就我個人而言，雖非百分之百的典型宅男，倒也十之八九。我可以坐在電腦前泡ＰＴＴ版泡掉一整個下午。再不然就窩在房間玩線上遊戲、聽音樂、唱歌。反正樓下就是便利商店，一次採買三天份的乾糧綽綽有餘，沒輒了叫外賣也行。寂寞難耐我就跟我養的寵物說話。通常我說，牠們聽。我多麼希望某天，能夠和牠們以（人）物易（寵）物，知己知彼。我涉世未深，對於外界盛傳的人性深不可測感到難以理解。

我瞭解電腦的硬體構造，反而比瞭解人腦活體還要來得透徹。電腦的世界乍看複雜，實則井然條理，只需耐心摸索，就能夠和它們靈犀相通，縱橫無礙。相較之下，人腦就複雜得多了。我曾經想用理解電腦的方式來理解人腦，卻總是徒勞。

在盆地的日子，我獨來獨往，優柔寡斷，以及懶。我懶得在這座故作神聖的學術殿堂裡交涉一場又一場的福馬林人際，這種氛圍令我作嘔。我常常為了是否出門吃飯而猶豫不決。更常為了無聊的學術研討會與課堂發言而進退失據。

有時水深火熱熬論文，寫著寫著就忘了（或懶得）吃和睡（小學課本上教的成語「披星戴月」、「廢寢忘食」原來是這麼一回事呀）。我酗大量的咖啡，酗到胃抽筋，然後是漫長難熬的戒嚴時期。楚歌四面，我對體制的質疑沒有一日減少過，但我卻一再說服自己，用意志力死撐。

何苦來哉。

我們依照別人的價值觀，為自己的人生做選擇，到頭來，竟是像一枚繭般的不快樂。熬夜成為宅男不可或缺之必要。我常常望著窗外漸層的天色，由黑轉白。眼袋層層發黑深陷。破曉前的那一刻，我茫然舉目，將這狹仄的房間掃視過一遍。我居然發現，扣除掉奔馳在虛擬世界的那一片大草原，以及莫名的忙碌之外，我在這個世界裡殘喘的依賴，就只剩下NB、iPod、Wii（任天堂主機）、PS3（Play Station III，遊戲主機）了。在這陽光將現未現的瞬刻，我的心底居然閃過了巨大的荒涼：原來，現代人的生活，竟是那麼樣、那麼樣的，寂寞啊。

我發現我連說話都漸漸嫌累、嫌煩了。K常說，我們這樣的人生觀好頹廢。我不以為然。誰都沒有資格替別人的生命下註腳。哪怕，在許多人眼裡，我們彷彿追隨著太宰治遺履的混世無賴，註定了要背負「人間失格」的宿命吧？

我有時候會懷疑，自己是不是變得越來越像《地下室手記》裡，那個自囚無休的活死人。又或者，我其實成了《變形記》裡的那隻蟲，早已喪失了回歸人群的能力——除了「宅」，我們的人生究竟還剩下些什麼呢？就算出門了，對我而言，不過也只是從一個房間轉移到另一個包廂罷了。空間的轉移對宅男而言，並沒有多大意義。

因為真正宅的是心境，而不是形而下的環境。

我試著養貓、狗、天竺鼠、孔雀魚。我喜歡和牠們說話，然而牠們不會理我的，我明白。但我仍然喜歡說著。似乎這樣的傾訴可以告別掉一些什麼。我希望，有朝一日我能和宇宙裡的各種生物溝通無礙，如同我在虛擬世界那般自在。

在此之前，我語無倫次，碎碎唸，和自己的孤寂故作相安無事。然而這又未免太王家衛了一點。《重慶森林》裡的梁朝偉，卸下白日的包袱（維護公理與正義的警察制服），只一件汗衫、四角褲，蹲在馬桶上，對著肥皂、毛巾，喋喋不休。鏡頭一轉又跳到了《花樣年華》，在吳哥窟對著蒼老樹洞滔滔不絕的梁朝偉。又或者……（我還可以想出更多更多，但我不願再想下去了，底下請閣下自行揣摩吧。）

自認無所不能研究的學院裡，有人試圖深究過宅男的心理嗎？宅男也許是另一種變相的自欺？那麼，宅男是為了逃避些什麼？

忽然想起《令人討厭的松子的一生》裡，那個因為童年受創、屢屢愛人卻一再慘遭背叛的松子，生命如此乖違，簡直要讓人尖叫了。令我詫異的是，她卻不屈不撓（這個過時的形容詞有使用之必要，但我所指的並非勵志小品的那種老掉牙），猶如銅皮鐵骨，哪怕被男人毆打、傷害，都不服輸。後來，又一個心之所陷的男人，狠狠背棄了她。

從此就麻木了，從此就遁入黑暗，不再信仰，不再愛。不再回到，真正的現實。而後以「宅女」之姿，自暴自棄，窩在房裡，癱在床上看電視，吃喝拉撒，似乎這樣子就可以斬斷傷痛的荊棘，以為不快樂全都可以遺忘。

在房間裡，一切華麗的寓言，都淪為腐朽的垃圾。就這樣子，拖著脂肪積累、漸行腫脹的肉體，日復一日渡過餘生，直到某天遭人謀殺……（如果，某一天，我謀殺了我自己……）

其實，我從來沒想過自己會變成宅男。我是當了宅男之後，才開始學習做一個宅男的。

宅男正如同羅馬並不是一天造成。我洗之不去的黑眼圈和永遠曬不黑的皮膚恰巧是尷尬的對照。正所謂，宅男不懂浪子淚，浪子不懂宅男悲。宅男之靜與浪子之動，兩者之間，似乎貫串了某種直見性命的禪意。

嗚呼哀哉！我是宅男。

你們都不懂我的心。宅男的心。

我的寂寞已入膏肓了啊。

畢竟我是一個多麼可恥甚至無可救藥的，宅男。

二〇〇七年十二月四日《自由時報》副刊

本文獲「第三屆林榮三文學獎」散文首獎

原諒

漫長的歐洲旅行以來，手機已經有好一陣子沒有響起。唯一一通國際漫遊，是在法蘭克福機場。我撥通了彼端島嶼的號碼，猶如人鬼殊途後的重逢，有些不得不的悵惘。我的喉嚨甚至有些發癢，忍不住想要放聲鬼吼。

這邊剛要凌晨，那邊方才破曉。六個多鐘頭的時差，尚未在我體內，埋下任何價值連城的化石，哪怕只是一枚小小的、懷念的貝葉。我總是在意識到「時差」的剎那，才忘情地走入時差的隧道，任憑光陰的刻度，在我的每吋骨節上，展演一齣陰錯陽差的戲碼。

我瘦削的身體雖然貧瘠，仍擁有某種程度的延展性，不管是在穿越愛與傷害的間隙之後所蟄伏下來的免疫，或者，過於煽情地仰望異地藍天之際所駐留的後視效應。言雖如此，生活依然垂盼著大量的意志力，因為隨時隨地都有虛無主義的可能性。

身體很輕，輕到一直很想離開卻一直離不開。鞋子很壞，壞到不惜走上岔路卻頻頻踩回原點。大腦很木，木到一直以為離開之後，就會領略離開的意義。離開了之後，才發現，一切再簡單不過的本質，其實都難上加難。

島嶼上有太多的牽絆了。當靈魂還不足以構成完整的條件，來承受，便宣告了灰飛煙滅。我甚至來不及向那些紛擾過境的烏鴉說聲再見，何況是盤據心頭的孤雁。有時候告別是沒有意義的不是嗎？也許告別是有意義的呢，前提是告別的屬性必須不帶髒字——不管是向這個百無聊賴的世界，或者不斷爭奪主體發言權的偉大社會。我的個體本身和某些腐爛的人事，乃至於千篇一律、光怪陸離的襯景，似乎早就註定好了要背對著背般的漸行漸遠了。

每天晚上，拖著沉重的眼皮按表操課，康熙來了、全民大悶鍋、我愛黑澀會、東森購物……不知打哪時候起，生活變得極度需要這些莫名無謂的幽默。我們都曾經渴望過生活在他方不是嗎？我們都曾經頂著破銅爛鐵樣的聲嗓穿梭在一間又一間的KTV；曾經無敵天真以為信仰過後就會留下美麗的痕跡。

事實則不然。

我們總是對於身邊過於親密的關係太有把握了。有把握到一不小心斷了線就再也回不去最初的線頭。盆地很大很繁華，無奇不有，唯獨欠缺勇氣，以抵禦強悍的孤寂，乃至於人與人之間的對話恆是乾涸，永遠需要一種常態保濕的誠意。

賃租公寓的樓下，是一間老人安養院。總是在深夜，總是在雨水綿綿的天氣裡，救護車噢伊噢伊的聲響，由遠而近臨至窗前。泰半時候我是醒著的，偶爾從瞌睡中猝醒。怔怔坐在床上，擁著棉被瞎著眼，一度質疑這黑暗，一如質疑這突然闖入眼前的瞬滅預警——我的人生究竟還剩下些什麼？

恐怕，我還沒學會義無反顧的原諒吧。還在矛盾地學習。學著原諒自己，以及這個世界無所不在的軟弱。即便看破之後還能假裝堅強，卻也改變不了日復一日繼續無動於衷的，緘默。

二〇〇七年六月十八日《自由時報》副刊

作者的話

生而為人，我很抱歉。

離開那個地方戀愛就結束。
不知道為什麼一點也不難過。
最難過的已經走過，
砧板上的死肉切了再切只會碎末卻絲毫不感到痛。

馬緯度無風帶

憂鬱貝蒂

言叔夏

西元一九八二年生。東華中文系、政治大學中文所畢業，現就讀政治大學台灣文學研究所博士班。曾獲花蓮文學獎、台北文學獎、全國學生文學獎小說獎、林榮三文學獎散文獎。

傾聽憂鬱迴旋
——小論言叔夏散文

趙弘毅　撰

靜止如泛黃照片的敘述，是言叔夏作品顯而易見的特質。在富有詩意的語言底下，文章的故事線很少是筆墨耗費之重心，時間經常近乎凝滯的緩慢流動著，讀者因此被浸漬於文字組構出的片刻氛圍，和敘事者面對當下處境的心理狀態同步轉折。言叔夏擅長把抽象體認與感知具象化，作品裡往往滿是鮮明的光影氣味或聲音觸覺，用以再現純粹抽象語言也難以傳達的思維感受。俯拾即是的譬喻象徵與駐足凝視，像文章裡遍布的晶體，未必寫實有機，讀來看似鬆散而有欠集中，卻正正是其迷人所在。事實上，言叔夏也未必真正想「處理」、「說明」什麼，探討其核心主旨有時更是徒勞，玩味文章中或靜止或跳躍的畫面，任時間感隨文字恣意快慢，或許更能接近言叔夏作品裡那些無法言明的一瞬。

〈憂鬱貝蒂〉篇題取自同名電影，又名《早晨三十七度二》或《巴黎野玫瑰》，閱讀時總讓人不禁想起邱妙津與賴香吟，同樣感傷憂鬱的基調，同樣指向一段大學時期曖昧模糊的情感。陳舊的事件通過電影《憂鬱貝蒂》，那些在言叔夏筆端成為標本的人生過往，便染上一股義無反顧的氣息，沒有怨懟或者批判，彷彿青春往昔只能如此，充滿錯失。〈馬緯度無風帶〉是得獎之作，全文用語充盈詩意，落筆乾淨不拖泥帶水。較諸前篇，〈馬〉文缺乏明確的事件或情節，言叔夏召喚各種場景，巧妙拼接城市與沙漠的舉步維艱，實驗性強烈。開篇引用即點出「馬緯度無風帶」的隱喻性質，指涉在人生裡無能為力的諸多片刻（或者時期），任由命運擺弄推進而陷落，終究得拋下些什麼，才得以繼續航行。

馬緯度無風帶

南北緯大約三十度處，由赤道低壓帶上來的氣流，向兩極擴散，逐漸散失熱量。空氣冷卻收縮，密度增加，於是下沉，形成副熱帶高壓；此帶風向不定，風力微弱，又稱副熱帶無風帶或馬緯度無風帶。之所以稱為「馬緯度」，是因為西班牙帆船裝載馬匹至新大陸，到了這裡，風力突然減弱，前進困難，由於飼料欠缺而只好把馬匹拋入海中。

——《地理》

一切就被懸宕在那裡了。包括四月。四月裡任何一座阻滯不前的樓梯，像壞掉的手風琴音箱，所有的聲音都被關在疲倦的凹褶裡。斜坡道的燈也一盞一盞地懸宕起來，樓房的燈，路旁的燈，提琴店招牌裡的燈，燈亮了以後有一把琴就那樣安靜地被關進櫥窗的玻璃，像所有季節裡的任何一種受困，連抵抗也沒，連細微的弦音也沒，連歌也沒。學琴的孩子背著黑色的琴袋沿著坡道走下去，再走下去，一點一點地降落到最底。

最底，整個城市的所在地，北緯二十五度。

但那裡不是我的最底，我的最底也不在所有地圖向南向北的平移，我的最底在我租賃的小公寓，我的地下室房間，整排，低潮公寓。

那是研究所剛開始的時候，巨大的城市和前進的必要，地面有太多毛躁的喧囂充滿修剪的需要，比方早晨九點鐘郵局窗口沮喪的排隊。比方長長的中午的食街老是堵塞過多的動物，吃的與被吃的全都撞在一堆。比方老老的研究室裡蜜蜂與透明玻璃般的反覆討論，竄飛的文字怎麼鼓翅就怎麼撞上透明的牆，所有人都在跟你伸手要一個理解。

我保持靜謐。我保持靜謐我會默背這樣一段《憂鬱的熱帶》：「如果他們真的是人類的話，他們會不會是舊約上所說失蹤的以色列部族的後裔呢？他們會不會是乘大象到那裡去的蒙古人呢？……他們到底是不是真的是人？」

回到我的地下室房間。便宜而永遠的居所。像是以太。

扭熄了一切，還有什麼是更黑的？我敲打鍵盤，每一顆鍵都像丟進井底，清脆地從心裡傳來回響。離地面太長，離自己太短，連郵差也沒有，連一顆門鈴的驚喜也沒有。只有大片大片的黑色瀑布懸吊在牆上，無聲，靜止，像黑髮。家具在瀑布裡睡著，電話在瀑布裡睡著，衣櫥傳來某種動物的鼾響，像旗語，從一個世界打進另一個世界，要求解碼。

那必定是一種很黑很黑的動物。或者蒙古人的大象。

而我到底還是不是一個真的人？又或者我就慢慢埋進這斜坡下方的土壤，我慢慢變成這房間的牆壁或者天花板，我安靜地蹲在最角假裝是一台傳真機，我答答吐出別人傳來的信息。

他說卡夫卡的蟲就是這樣變成的。

我挾著話筒抱膝蹲著說我頂多只會變成無腦家具。我啪一聲關掉大腦的日光燈。

他的話筒像沙包，像跋涉了整個春天的沙塵暴。但我的耳朵是低陷的窪地，我安靜地坐在一個洞裡聽他的消息。

他說。他說妳那裡。比起從前。安靜許多。他說我幾乎要以為妳不在地球。

我當然不在地球我說。但你也不一定就會碰到我。

我當然碰不到妳他說。我連妳的生理門牌都從來沒有知道過。

所有的傷口都攤在那裡了。當一切麻木的時候，唯有戳弄才讓人記取曾經的親密。很久以前，我們有很多很多的馬，那些馬也會站在甲板跟隨我們去整個黃昏的海洋。為什麼正確的氣氛已經過去，我們還站在這裡用腳播弄著營火的將熄未熄？到最後連腳趾也炙燒，那炙燒就會是一種證據？他還在那裡，但我已經坐著，整個夜晚，我們身後的沙漠清涼無比。

四月的白晝如紗。五月揭開了紗裡還覆蓋著紗。五月的手指纏繞有更多的霧。

「為什麼這樣沉默？」他已經站在那裡。我們隔著餐桌，中間卻像有一片沙漠。

「沉默在下陷，我在下陷，你也在下陷。」五月的雨，剛剛洗過了四月的樹木，在地面無聲地垂落。好高的窗外有好多的腳走過，穿各種鞋。像盆栽，像一種逃亡的植物，可這裡只是容器，只負責張口，除了張口它也不會再有更多。

「下陷的要素是：意志。流沙。不穩定的氣流。」他說：「我有下陷的意志，我跟妳之間也不只是不穩定的氣流。」

我們已經坐在這闃靜無光的地下室，宛如來到沙的孔洞。地面是無盡的日光與無盡的雨，街道接連著街道，街道過去還有街道，島生島，鞋生鞋，島島鞋鞋就有了海與路，原來同樣義無反顧。

但這裡已經在路之下了。沉積坐在這裡，岩層的紋路也坐在這裡，有什麼是伸手可及的嗎？沉默握著，不知什麼時候竟也沙一般地消融，空空的掌心只有空空的掌紋，像河流，像握住的什麼都會跟著河道漂走，我張了張手到最後卻只剩下河裡的石頭。

沉默與石頭相同嗎？他說。但或許石頭導致沉默。是什麼送來石頭？是河流？還是一雙爬滿掌紋的雙手？妳知道沉默是什麼意思，沉默是妳丟掉了手掌、河流跟石頭，妳就得到了沉默。我以為我們在談論的是沉默，結果我們在談論的是那些被我們丟掉的河流。他已經伸出了手，但我已經連手也埋進了沙丘。

妳需要的只是時間，而我需要的是坐在沙漠。他說。他的側臉有馬，像遼闊，像五月梅雨覆沒地面的海波，他好像試圖說服我，他的聲音充滿藤蔓都爬滿整座沙丘。可如果我再也無法打開？這跟年紀無關，跟二十四歲就讀一個乾涸庸俗的研究所亦無關，跟一場五月永無止盡的雨可能較有關。你知道沙漠降下的雨都落到哪裡去了嗎？落進一棵仙人掌的肚子裡？落進沙與沙的最底最底？有沒有人真正拿掃把掃開過那些沙去凝視沙漠的最底？那托著沙的是什麼？是一面永遠等不到月亮的盜盤嗎？是一張從指縫不斷漏出沙的手掌嗎？是誰捧著一座沙漠來淹覆你的腳底？從腳掌到腳踝，從腳踝到膝蓋，你還要坐在沙漠的入口尾生抱柱？斜坡已經被拉得好長好長，像日子，像滾下去的一顆石頭，沒有盡頭的不止是日子或石頭，斜坡下也沒有一個薛西佛斯蹲在那裡做一個優秀的外野手。

五月使人撐傘。使所有的地心引力都在吸引一滴雨。

四月沉默如灰。如果沉默是一種物質，那也必然是四月。有一年的四月他和她重重地挫傷著我，那時我不明白那種沉默，我只覺得有大片大片的鳥從地平線嘎啦嘎啦地飛來，隊伍很亂翅膀很吵羽毛就不停地掉，好像是在哭，那些羽毛都是哭聲都掉了我一臉一身，我幾乎要生氣了，要教牠們不要再吵，我掩住耳朵蹲在地上，以為自己就會這樣漸漸地漸漸地縮小，那些聲音像一隻大鞋硬生生地踩下我的頭，我變得好扁好扁像一隻空瓶需要回收。

那時還住在鐵軌旁邊的房子，還可以奔跑，不好的時候火車一來還可以跳，可以跟著一列火車去開拓山洞，去開拓整面整面夏天的北迴海。

不會有沙漠。

離開了以後才知道海不會一直跟來。整個夏天，從鐵軌旁邊的房子，遷移，綑綁，從東邊的學校移動到北邊的另一個學校，從濕潤的沼澤被重重摔進學術的無聊。郵局在那裡，市場也在那裡，所有的文明與辯術都在那裡，但我腳下的地底一片空寂。每天，我假裝成北緯二度的人到地面去，像一種間諜，蒙面，隱形斗篷，用流利的語言交鋒與交際，當我試著說一點北緯三十度的話語，他們卻全都走避不及。

我只能來到這個，地底房間。

像一個游牧的人收拾我的蒙古包，騎乘黑色的大象來到這個最北最北的城市。最北最北城市的地底，北緯三十度。無風。

你不懂得坐在沙漠是什麼。我說。

如果我需要的是跋涉，而你需要的是雙腳的意志，到頭來誰都在對抗下陷，我一舉步，你的地面就傾斜了，沙推擠著沙去靠近另一些沙，誰也沒有誰逃走。天花板上方的地面有車駛過，有一個星期天下午的雜沓紛紛踩過，有腳踏車沿著斜坡的人行道嗶嘰嗶嘰地滾過，這些都過去以後，整個週末的愉悅，就那樣消失在街口，我還有什麼可仰望的？一扇微光的地下室窗口？一個沙漠永遠吹不過的邊界？只是一條線，一步兩步可跨過，再過去竟也就沒有了，整個沙漠都在這裡止步。我說簡直我這一身的黃沙都枉費了，我站在邊界入口的村落看眼前的海水與鳥鷗。那些海水也不是我的，那些鷗鳥也不是我的，我有的是什麼？是身後安靜站立膽怯止步的沙丘嗎？是我伸出雙手掌紋河道裡一顆一顆的石頭？你要拿著橡皮擦一痕一痕地擦掉所有沙漠的界線嗎？橡皮摩擦地面，屑屑積累著屑屑變成另一座沙丘，你跟我，都變成一座不相干的沙丘。

儘管它們相連。

儘管我和你。相連。

我的地下室沙漠。

長長的雨季在地面走過，五月的道路，幾乎是一條傾斜的海了。可以穿上我最喜愛的白鞋子傾斜上樓，可以划槳，可以雙腳奔跑起來就去了遠方，可以戴上我的小帽，一個小小的，小小的哥倫布。

二十歲時我沿著一條路往前走，前方沒有路了，就勒鞋回頭，來的路跟去的路永遠會變成不同的兩條，一切如此理所當然。

◆ ◆ ◆

「不要再在沙漠裡找花了。」

「我一直在等，又或者你從那時候開始就從來沒有原諒我。」

是黑暗？還是寂靜？是黑暗還是寂靜，又有什麼分別？我們之間的桌上有一盞燈，他的臉也像是黑色海面上沮喪的船隻，爬滿礁岩。

一隻白貓隔著氣窗的玻璃把五官貼在窗上，俯瞰著我們，牠的白雨鞋也會走過一條長長的泥濘五月嗎？走進六月奢侈揮霍的初夏。

是不是一定要到了馬緯度無風帶，我們才學會原諒？或許，也沒有所謂原諒了，有誰還會費盡力氣去使一隻玻璃櫥窗裡的小提琴逃走？一個季節的受困都關在那裡，一段關係的受困都坐在沙上，玻璃是不可破的，要使它原地消失的方法，只有讓它變成一把沒有弦的琴，於是我練習沉默。

沉默像是流沙，漸漸從玻璃流走，有音樂漸漸包圍我。沙的音樂，在暗黑的地下室裡窸窣窸窣地作響，在牆壁在天花板在一扇微微發光的窗框，當月亮掉進路面的地平線時，也能從地底房間踮起腳尖看見整個斜坡的月光。

「是因為這個房間。」

他的肩膀後面是一片海，他的右腳還踩在沙的界線，我知道他一轉身整個沙漠就關閉了，他的駱駝也會被帶上港口。

「我漸漸、漸漸，變成這個房間了。」

我漸漸來到馬緯度無風帶。一扇樓梯的下降，整整北緯五度，一個迴旋的轉彎，風與無風的界線立斷，我去不了更世故的，郵局、市場、食街、辯術、一切的應對與繁瑣，我去不了掩耳盜鈴跟你若無其事的生活。我回不去我們最初的開始，開始的時候，只有清澈的雨林。零度。我於是走得更北，來到馬緯度。無風。我一匹一匹地丟掉那些馬，我一匹一匹將牠們推進海中，那些馬在海中就都變成了海牛，變成了那年哥倫布在迷航中遇見的美人魚頭。

他的聲音乾乾的，像在模仿沙漠。是幻覺？還是真正來過？是一場扎實的雨水降進沙漠，終於也成不了河流？我說，沙漠裡總免不了有很多海市蜃樓。

本文獲「第二屆林榮三文學獎」散文獎佳作

憂鬱貝蒂

七等生說多年前他曾經沿著重慶南路的馬路黑衣過街，那時二樓咖啡館窗口的朋友說只是看著那背影走路的姿勢，一眼就知道是他。「十數年前後，重慶南路上的人潮是洶湧了，只是還有人會從一個穿著黑衣背影的傾斜姿勢，辨認出我來嗎？」很久以前，有人跟我說過一樣的話，那人黑衣的背影如今已不知隱沒到這個城市的什麼角落去了。「這個時代，有人會想起一個作家的身影來嗎？不是作品，而是姿勢……」那人是這樣對我說的吧。下雨的夜晚，收音機裡的廣播正唱著陳昇的〈恨情歌〉，很多年以前，我也曾在那窗口有著一棵樹的房間裡聽著同一首歌，離開那裡以後，那個房間的陽台下面聽說有人上吊，不過數年的時間，那些屋舍伴隨社會新聞的電視畫面播放出來時，我才驚覺一夕爬滿青苔。是什麼時候開始變老的？我還記得綠上衣的H還不相識時，提著他那亮橘色的洗衣籃，從宿舍中庭晃悠悠地走過，彷彿每揚起一次就會落空一次。好長好瘦的人。好奇怪的緣好奇怪的橘。在我的窗口看著我邊這樣想。

H有什麼改變嗎？畢業以後某一次見面，談及學位論文，在一個嘈雜的餐館場合，人聲鼎沸著。H和他的研究所朋友與我對坐，嘻鬧的笑語穿梭在此起彼落的餐盤間，伴以刀叉撞擊的鏗鏘聲。在平行流過的聲線裡，我有些恍惚。H說起研究所的生態文化與權力論述，赫然有種上班員茶餘談論起上位者的世故與熟稔，我已經忘記那個下午的餐桌上到底交談了什麼，或許是相識太久，觸鬚於是理所當然地各自退縮，誰都不想言與義及。話語在桌上剝散開來，核殼碎屑散落一地，後來我什麼也想不起來，我只記得此後的日子若是想及H，就是那樣初次照面的純粹的緣與橘，在記憶的深處用一種奇怪的搭配組合在一起。

多年以後我從那個大學時代的宿舍走出，走進一些人的生與一些人的死。大學時代快結束的某一天，妹妹在電話裡哭著說：「姐姐我有小孩了。」我壓著手機從圖書館快步疾走，聲音也壓扁得像是一頂鬆軟的帽子。「拿掉吧。」我聽到我的聲音竟像選擇每天中午的便當內容那樣簡單乾淨又義無反顧：「好麻煩。不要了。」妹妹終究還是把孩子生了下來。之後結婚。之後離婚。有很長一段時間，我終於見到了孩子，生日與我相差五天，看到我就撲過來，叫我：「姨。姨。」

那種叫法有一度指責得我無以自容，不知該如何自處。無法面對的是未知世事的孩子？還是其實是自己內在最冰冷刺痛的尖銳？一直以來我用這尖銳冷靜的一端將自己畫分出來。那就像是二〇〇〇年，九〇年代的末端，大學裡還抓著一點文藝叛逆的末潮，有一些同學加入了電影社，每週兩次輪流播映著柏格曼、塔克夫斯基、安哲羅普洛斯的片子。那年我剛進大一，沒有跟著加入電影社，每週卻固定繳三十元非社員費用摸黑進去看片子。為什麼不加入？害怕團體的氣氛？還是害怕的只是證明了內在最無可反駁也不要反駁的證據：到頭來，我能握住的只有自己？

那時我們也看《憂鬱貝蒂》。法語片名叫做早晨三十七度二。法國南方燠熱的濱海廢墟。叫做佐格的男子與叫做貝蒂的女子，黃昏裡的木屋與小型遊樂機，還有木馬跟油漆。我不知道這些東西為什麼會出現在那裡，只知道上空穿吊帶褲的女子貝蒂有一種奇怪的藍。大眼厚唇，笑起來牙齦就血色地咧開，歪曲的極致就率真到足以燒毀一切。做愛的時候激烈得停不下來，刺穿雙眼自我毀壞的時候也激烈得停不下來。貝蒂死時被男扮女裝的情人佐格壓死在醫院床上，佐格穿好激烈的紅，那紅在我的眼睛裡透進好神秘的力量；有力，致死，幾乎要刺瞎雙眼。

但我還是從頭到尾地看完了。走出放映室。盡可能勇敢地走出。

後來我才知道O也看了《憂鬱貝蒂》。尾隨著。更多的意義或許是尾隨著並且吞噬，從腳跟啃起，刺目的紅，那麼有力，足以使我眼瞎目盲。

O經常在我與那時的情人講電話時趴在我宿舍的桌上無聊地寫些什麼，有時是廣告紙的背面，有時是恣意隨手從我桌上的筆記本撕下的空白頁。多年以後我才知道那撕下的動作承載的是什麼樣的不甘與不捨，還有激烈卻頻頻交叉掩護的侵佔。那些紙條多半用B2鉛筆流水帳般地嘩啦嘩啦記載著今天發生的一切瑣事，去什麼地方，遇到了誰，和什麼人一起吃飯，在路邊看到的狗的斑紋多奇怪多奇怪，電線桿的數目一條路平均有幾枝有幾枝，那些內容多麼平易尋常像是流光卻又隱約透露著一點危險令人膽怯而只想迅速掠過，我知道了什麼？我明白了什麼？我還是什麼都不明白假裝一切盡可能合理不道破？那些日子裡，我一張紙條也沒有寫給O。

離開那個地方戀愛就結束。不知道為什麼一點也不難過。最難過的已經走過，砧板上的死肉切了再切只會碎末卻絲毫不感到痛。分手多時的人有時會帶著有意無意的促狹打了電話來，我用更冷靜尖銳的理性交談。他說吃不下飯又少了睡眠日子很空很難過，我漫不經心應和著，電話末尾我不知被什麼尖銳的椎點逼近腦門，沒有任何情緒。

掛上電話以後就冷冷地浮上一個聲音：「其實我想你去死。」

如此冷淡有禮的激烈。拉岡說：「當我說『你』的時候，其實我說的是我自己。」

最困難的不是現在，我明白。我只是不甘心，不甘心皮膚就這樣被一痕一痕畫下的疤一點一點毀壞，愈是拒絕那一路跟來的肉瘤就一夜比一夜長大。到了台北以後才知道有些刀刃是不能拿來對自己的，或許從很久以前就知道，只是不敢，一定是不敢，但這次近身的不是別的，是自己。刀柄刀刃，該握的是刀柄還是刀刃？那些外面的世界都飄在上空，那些人都專注於表面的浮誇在課堂在咖啡館在消費著對我而言無法被玷污的純粹，那些畫面都強烈鼠灰色，一近身就讓人索性疲倦的說：「不要了。」如果這是依賴否定性才成立的世界，為什麼我不能強硬地要：以不要的形式？負負得正，我真知道我要什麼嗎？

四月艱難如涉水。

過完了四月，很久很久以後，有一日，接到O的喜帖。我們已經有很多年沒有聯絡。帖子裡夾了一張便條紙：「我要結婚了，妳會來嗎？」語氣平淡，帶著疏淡與禮貌的距離。帖子上照片裡的O站在一個陌生男子的身旁咧嘴而笑。我從來沒看過O那樣笑。她的笑齦被唇膏的顏色覆蓋，好像那咧嘴的血色只是我記錯的某件事物，好像她一直都是這麼合情合理的存在。也許，是電腦修片的技術使一切都模糊了起來，也許O從來不是如我想像的那樣尖銳、激昂、勇往直前。是年輕的時間捏造了我們自己。我想起那個夜晚，我在寒假的宿舍房間裡一個人寄宿著。O來到我的房間，她一如往常地拉開椅子坐在我的書桌前，我在書桌的上鋪半寐半醒地睡眠著。

忽然，從床下的書桌那裡，傳來了隱約的窸窣聲。極細微，像是有鼠類在咬嚙。窸窣。窸窣。窸窣窸窣。我安靜地坐起身來，抬頭看見房間的天花板，昏暗的日光燈管照得房間的四個角落都恍惚了起來。我忽然就明白了，那是O在啜泣的聲音。

終究沒有去到O的婚禮。我一如往常普通的一日在漫無目的的街道晃蕩，等待這個城市一班緊接著一班的公車。白日的馬路沙塵瀰漫，幾乎要吞噬掉日光。我站在馬路中央島嶼般的公車站，被不斷掠過，分不清是被擦過的什麼所輕輕帶動，又或者是身體就這樣不自覺地搖晃了起來。那時我隱約記起的不是話語，而是一些別的，色塊，最明亮最純粹初始的某種東西，空曠感。憂鬱貝蒂的最開始，黃與藍，分不清是黎明還是天暗。一些人在路上，一些人走了，一些人脫隊到不知什麼地方去，一些人很慢才來。沙漠漫漫，今天才懂得，行路畢竟是遙。

二〇一〇年四月十一日《自由時報》副刊

作者的話

寫字檯上的便箋還留有昨夜的茶漬，那人的鞋聲卻已遠去了。整個春天都關閉了以後，我就搬到新的公寓去過更隱蔽的生活。那像是黑色大鳥羽翼覆蓋下的日常生活，陰翳般地遮蓋了我。十年前，有人跟我說：「不寫作的妳只能是個廢人。」說話的那人已不知被流瀉到這城市幾萬廢人的下水河道去了。這句話在十年後的今天看起來卻像個十足的廢言。秋天以後時寫時停。大半進了廢紙簍，或者電腦硬碟的深處。那些廢棄的話語，跟我將來未來將走未走的人生一樣，我真真正正成為一個理直氣壯的廢人。可是雪，也是一直沒有下來的。而我知道所有的天氣都是奢侈，我再也不會出發去任何地方旅行。一日又將來臨。這日常一日的開端，要以什麼樣的姿勢起床？有時我不知這究竟是一個太好或者太壞的時代，我們如此時男時女妻離子散無母無父。自戀與自卑世代。

「S／Z。」那斜線像雨輕易分割了舌擦音。鏡裡鏡外。十年一瞬，仍能背誦《楞嚴經》上一行：「室羅城中，演若達多，忽於晨朝，以鏡照面，愛鏡中頭。」

即使所謂的冒險可能只是聽見了陌生人的交談、
看見了一句來自過去的詩，
但對於一個青春正盛的旅人而言，
即使是落葉的顏色，
也會是冒險故事裡的一枚豐盈飽滿的，逗點。

自助餐式書寫
回收青春期

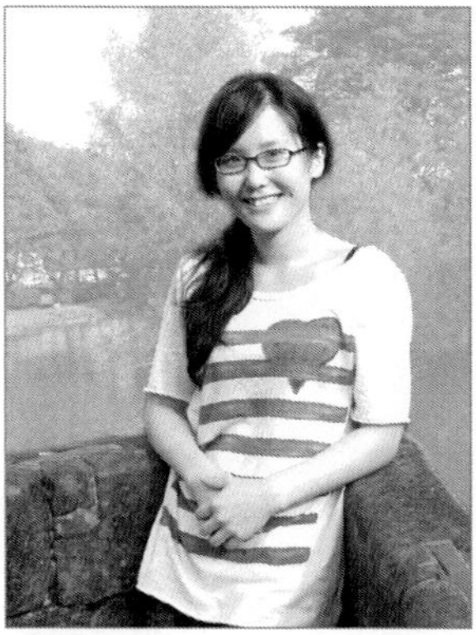

江凌青

西元一九八三年生。教育部公費留學英國萊斯特（Leicester）大學，目前為博士候選人。曾獲時報文學獎、梁實秋文學獎、台北文學獎、全國學生文學獎與數位藝術評論獎等，以及國家文藝基金會九十七、九十八年度文學創作補助。出版短篇小說圖文集《男孩公寓》（寶瓶出版社，二〇〇八）、譯作《西洋繪畫史上最具影響力的五十位畫家》（新一代圖書公司，二〇〇九）。目前擔任《聯合文學》與《藝術家雜誌》英國特約撰述，以及中華副刊專欄作家。

畫片裡，漫尋靈光

——小論江凌青散文

陳正維 撰

習畫習藝術史習電影史的漫遊者江凌青，在此方與彼方之間、在台北城與倫敦城之間、在熟悉常軌與陌異殊相之間、在想像的異地與親臨後的重新印證與勘誤之間，每一瞬畫面切片於她的筆下呈現，交錯著或象徵或隱喻或呼應的技法，播映的是一部名為「生活」的電影：

第一幕，「自助餐式書寫」。陽光如奶油，人們以為夏日明亮，卻稍不注意就跌落暗井，身心俱疲。此時說故事的人是城市的漫遊者，她走進副熱帶島國的某自助餐店，當自己的替身演員，扮演的角色是福爾摩斯，觀察著自助餐店中卸下規範如抖落塵土的人們。人聲喧鬧如海浪，在一片簡單直述句與是非黑白風暴中，卻有詩的語言。「我一個人跳舞」恍若天啟，將漫遊者帶離日常軌道。

切換幕與幕的休息時間：我們可能疑惑著，漫遊者為何從「夏日如井」的憂懼不安轉為心滿意足？

第二幕，讓我們向西北方移動，「回收青春期」。城市是一座巨大的攝影棚，漫遊者在溫帶島國依然尋覓著逸出常軌的字句：中年旅人間互換的問句、年輕藝術家的焦急與執著、歌德的「今朝最可貴」……而倫敦，「不再是由莎士比亞、狄更斯、福爾摩斯與披頭四等各種名字編織而成的世界，而是一個在舊時代的餘燼裡尋找新路的世界」。漫遊者將自我生命、倫敦城的歷史進程、藝術家銷毀往昔一切的展覽後細筆鏤刻石版畫、寂靜爆破的美學，串成「自生活罅隙中重新活過、重新審視與創造美」的主軸。

於是我們便得知，漫遊者之於青春期的離開與重返、不斷地召喚記憶與省視當下，緣於年少時的嚮往在踏上北國後歸於現實，唯並非破滅，而是「走上了一條命中注定的道路，在當年描畫出的輪廓線內，認真地塗色」。

自助餐式書寫

我曾那麼確切地斷言：夏日如井，掉落其中，就只能踢踹著那滿覆青苔的井壁，不斷滑落、沉墜；陽光就在眼前，黑暗卻即將包圍整顆心、寄生於表皮。

在這種時候，我喜歡進入自助餐店，當自己的替身演員。停止思考，只任由食物碰觸雙唇、滑過食道、安躺胃中。

胡蘿蔔與木瓜能提供維他命A，增進皮脂腺、汗腺功能；糙米與內臟能提供維他命B1，促進代謝；花椰菜和高麗菜能提供維他命C，抑制皮膚黑色素增加並且增強血管壁彈性……這一切我都知道。但筷子就像筆，有些菜就是不想夾，有些句子就是無法拼寫出來——即使某種蔬菜能幫助體內氧氣的運輸、某種肉類能修復受損細胞。

但很多時候，因為菜色不可口而使筷子沉重至無法挪移，就像寫作時不得不屢屢停筆一般。

1

餐館外，正午的街道被陽光整修得像是一座閃亮的樣品屋，一切都被熱騰騰的空氣浸洗得過度晶亮而顯得超現實。每個剛踏入餐館的顧客，臉上都還留著陽光的唾液，那熱情的印記對他們而言卻比吸血鬼的齒痕更暴虐。

拿起紙餐盤、鐵夾子，在數十道菜色前徘徊。無論是花枝捲、秋刀魚、蒸蛋還是花椰菜，全都顯得油亮飽滿。它們像是一群在度假海灘集體裸露的觀光客，乘裝它們的鐵盤就是滾燙的沙灘；它們全都瞇著雙眼、體態臃腫，擺動四肢的模樣顯得昏愚可笑。

陽光如奶油，溶化在它們肩頭。

「好油……」人們紛紛皺眉低語。

但在這一切景物都被暑氣吸吮得過度乾癟的時節，我寧可想像自己劫後餘生，進入這間餐館就等於推開了小叮噹的任意門——夾起滷雞腿、荷包蛋和幾片高麗菜、幾塊苦瓜，不同的菜色就可以馬上換算為不同的塔羅牌：例如滷蛋等於聖盃、蝦子等於女祭司、空心菜等於魔術師、皮蛋豆腐等於命運之輪，牌面點數則以菜量計。於是命運的占卜可以由點菜來決定，而凝神默算菜價的自助餐店老闆就是解牌者。

今日菜色排列，解牌過後總計七十五元。解牌的結果與世界的運作息息相關，美國蜜蜂的神秘消失，造成糧食產量銳減、糧價飆高，於是也造就了牌面象徵的意義。以往「滷雞腿、荷包蛋和幾片高麗菜、幾塊苦瓜」的排列，頂多解得六十八元，差價七元足以支付我一半的公車車資。於是我怎麼吃也影響了我怎麼移動，可見生活永遠都是一個紀錄各種氣象數據的百葉箱：舉凡溫度溼度風向雨量無一不記錄、無一不相互干預。無一，不。

2

坐下之前，先拿粉紅餐巾紙重覆擦拭了幾次桌面，確定沒有油水殘留後才放心地把自己的白色紙盤與竹筷子放上去。坐下前也用力地拍打了幾下深綠塑膠皮革椅墊，就怕剛剛坐過這張椅子的人的體溫，會如針頭一般地扎入我鬆軟的臀。

正午的自助餐店，人聲吵雜加上食物氣味，讓人覺得自己不斷地被隱形的力量推擠，直到無路可去，因此只好越吃越快，同時抬頭看著前方那台鎖定在新聞頻道的電視機。

「巴基斯坦炸彈客　紅色清真寺外引爆」、「西班牙奔牛節登場　男子跌落高牆喪生」、「六歲裸女登上澳洲藝術雜誌封面」……新聞記者播報新聞的語氣，讓我以為她正在參加話劇演出的試鏡。

「我一個人跳舞。」

就在我決定卯足全力、加快速度把我漲價了七元的塔羅牌吃光時，我聽到這句話。像是海豚躍出水面那般、足以激起雪白水花的一句話。

於是我轉頭。

像是洗牌，然後在絲綢桌巾上重新置放一組花紋精緻的塔羅牌。

但海豚躍出水面後總是很快又鑽回海裡。海平線將世界一分為二，那底下是人類再怎麼努力都無法完全理解的深淵。我沒找出說出那句話的人，餐館內人聲鼎沸，咀嚼食物的動作成為我唯一的救生圈。

我左顧右盼，同時不敢放慢咀嚼的速度。這麼多陌生人同時說話，語言的水位不斷升高——語言正在興風作浪，而我不得不感到害怕。

因此一旦停止咀嚼，我就必須立刻站起、盡速離開，以免淹沒於那如同魚群般集體擺動尾鰭的辭彙當中。

（ㄅㄆㄇㄈㄉㄊㄋㄌ聲母韻母陰平陽平上聲入聲鼻音摩擦音）

（白飯泡菜米血鳳爪豆豉蹄膀）

3

我有許多絕對不可能實現的夢想，其中一個是擁有福爾摩斯的判斷力，例如從一個陌生人的外型，推測出他居住在城裡的哪個地區、可能從事的職業、最近的工作狀況……我相信這樣的推測，是比大衛魔術更容易練就的特技、花費的成本應該也低廉得多，也許花上一輩子的時間，我在臨終前就有猜對一個陌生人身分的可能——是的，我總是懷抱著這樣的夢想，走進每一間充滿陌生人的公共場所：例如咖啡館、西餐廳、甚至電影院——在黑暗如海底洞穴的空間中，還是可以憑藉著細膩的敏感度，讓雙耳如同潛水艇般逡巡，逼近每一顆沉睡的蚌貝或提燈籠的鮟鱇。

但經過多番比對，自助餐店其實才是觀察陌生人的最好據點。

咖啡店裡的人總是在討論某部電影、某本翻譯小說、某一種新口味的比利時啤酒；西餐廳裡的人幾乎都在約會，尷尬對視的同時只能拿食物作話題……在大部分的公共場所裡，人們似乎都將自己當作櫥窗模特兒，必須擺出符合環境氛圍的姿態、說出符合場所性格的言語，但是在自助餐店裡，那些必須遵守的規範卻像是塵土，一拍就掉。

沒有人想在自助餐店裡演戲。也許那是因為大部分的人們，覺得這裡頂多只能當作攝影棚裡的休息區。在這裡不用計較什麼食物該搭配什麼酒、也不用怕搞錯餐具的使用順序、更不需擔心話題是否適宜。在這裡，甜椒可以配吳郭魚，糖醋排骨可以配馬鈴薯沙拉，完全沒有規則，也就無關乎品味、階級與成敗。這裡是自由形式得到實驗與實踐的場域：不設最低消費、紅茶熱湯隨意取用——在這裡人們似乎有絕對的自由，也不再談論電影、文學、時尚之類的話題，轉而傾聽自身肉體發出的哀鳴。因此在自助餐店裡最常聽見的不外乎是「餓死了」、「累死了」、「吃得真飽」之類的簡單直述句；如果有複雜一點的對話，則不外乎是說三道四，哪個同事很賤、男朋友是混帳之類的句子堆得跟餐具回收處的紙餐盤一樣高。

因此為了那句，平常不可能在自助餐店聽到的「我一個人跳舞」，我不斷地重返同一家自助餐店，希望在吃遍每一道菜之前，找到說那句話的人，請他告訴我那句話的後續發展。

4

取用店裡的紅茶時，必須將長柄湯杓伸入巨大的鋁製湯桶中，穿越層層冰塊的阻擋，最後將冰茶倒入塑膠袋中、插入吸管，再以紅色塑膠繩綁起。除了自助餐店與少數的早餐店，應該沒有別的地方會再這樣提供飲料了吧，都市人早已習慣在路邊的飲料鋪購買半糖或無糖、去冰或少冰的烏龍奶綠、茉香珍奶、紅茶拿鐵，外覆一層塑膠薄膜、插一根直徑一公分的吸管（吸管顏色紅橙黃綠藍靛紫，也許亦可作為另外一種占卜）。

那薄膜緊緻、牢固，不像自助餐店裡裝紅茶的塑膠袋，軟綿綿地站也站不好。某日，就在我試圖將紅繩綁好時，我又聽到背後傳來那句「我一個人跳舞」。於是我轉頭，手中那袋紅茶卻溢出。

雙手冰涼，週遭卻依舊人聲鼎沸，推擠著我直到我無路可去。

我心跳加速，拿粉紅餐巾紙擦乾雙手後，心神不寧地回到座位。「我一個人跳舞」，然後呢？

我左顧右盼，同時不敢放慢咀嚼的速度。這麼多陌生人同時說話，語言的水位不斷升高，興風作浪。

「再多告訴我一些吧。」我在心裡焦急地吶喊。但每個人都專心地挑著魚刺、用餐巾紙擦嘴（這時我不禁想到廁所裡也是以這種粉紅餐巾紙代替衛生紙），或微皺眉頭地盯著電視螢幕。

「二點五億頭彩無人領　五天後繳國庫」、「琳賽蘿涵出櫃　認了莎曼珊」、「五個月大女嬰疑遭虐待昏迷　母堅稱她自虐」……無論看到哪一種新聞，大家的表情都沒什麼變化，除非他們忽然被魚刺卡到喉嚨。

但這一切其實都息息相關，就像美國蜜蜂的神秘消失事件一樣。

5

將自助餐菜色換算為塔羅牌時，白飯到底該當作哪一種牌？它永遠都排列在整副牌的最後（當我們拿著紙餐盤到老闆面前，等待他說出總價就像等候審判發落，但他總是先問一句「白飯大碗還是小碗？」），可以與任何一張牌搭配解讀，而且永遠是由別的牌來影響它的滋味，而它則完全無法動搖別張牌的氣息。但如果以飲食來譬喻命運，這看似毫無影響力的白飯卻又佔有決定性的地位，足以扭轉命運，讓一切由負歸正。在最緊急的時刻，翠綠白菜或酥脆烤鴨都比不上一碗白飯來得直接有效。

而且白飯通常是到最後才會吃完，它是一張持久而最難驅散的牌，即使它看似簡單——畢竟要把飯粒吃得清潔溜溜，需要的不是飢餓感而是一種堅持。我時常在吃完紙盤上的所有菜色、甚至最後一根空心菜梗或雞腿骨頭上的最後一絲肉屑時，還捧著半碗微溫的白飯——這個最簡單的東西，卻能讓整副牌變得艱澀難解——而每當我苦思不解時，腦中就會浮現那句「我一個人跳舞」，雖然我再也沒聽到有人說出那句話，直到某日在KTV聽到朋友點歌時才發現那不過是一首十年前的流行歌。那個在自助餐店說出「我一個人跳舞」的人，接下來也許只是要繼續背誦歌詞。

那其中也許什麼故事也沒有，而我也無法根據一首歌判斷一個陌生人居住在城裡的哪個地區、可能從事的職業、最近的工作狀況……我只能確定無論我們兩人點的菜有多麼不同，我們都共享著同樣的白飯——頂多是大碗或小碗的差別。

離開自助餐店，外頭陽光依舊，世界依舊太過晶亮如同樣品屋。我不再斷言夏日如井，但不能諱言的是每個夏季都像難以撲滅的火焰，只能靜靜等它經過，在焦痕與逐漸散去的濃煙中，繼續呼吸、繼續翻開絲綢桌巾上的紙牌。

我還是時常回到同一家自助餐店，喝塑膠袋裝的紅茶，當自己的替身演員。停止思考，只任由食物碰觸雙唇、滑過食道、安躺胃中。那一盤盤花枝捲、秋刀魚、蒸蛋、花椰菜，依舊油亮飽滿得像在作日光浴，陽光如奶油，溶化在它們肩頭。

好油……

但我還是心滿意足地把它們全都吞下去。

二〇〇八年「時報文學獎」散文組評審獎

回收青春期

睜開眼睛，我在一張深藍色的床單上醒來，窗外是國王十字車站後面的小巷。奶油般的陽光被均勻地抹在草地上、落葉間、窗櫺，然後一路滑入房內，佔據了半張床單。昨夜，我在旅館隔壁的酒館點了道菜，離去前發現滿頭大汗的廚師穿著圍裙走到櫃檯，似乎想詢問我對晚餐的感想。見他欲言又止，我也就什麼都沒說。巷子離車站不過幾步的距離，卻顯得過分安靜，連理應人聲鼎沸的酒館，都顯得冷清。

我拉開半掩的窗簾，探頭望向隔壁的酒館。門窗緊閉，想必在中午以前是不會開了。我換好衣服，來到旅館的地下室吃早餐。每個房客都被分配到幾片烤得乾硬的吐司、切成三角形的冰涼火腿，配上淡而燙的咖啡。這樣簡單的菜單，也讓廚房裡那群來自德國的金髮少女們忙得臉色蒼白。我看著桌巾上的幾滴咖啡漬，想起自己過去在台灣時，是不拿咖啡當早餐的；但如今這個習慣就像這些洗不去的咖啡漬一樣，深深地滲入了日常生活的纖維裡。

吃完早餐、踏出旅館，如此這般地展開了我在倫敦的一天，曾經是我青春期時，夢寐以求的生活。在城市裡隨處俯拾的的所聽所見所聞，對曾經青春正盛的我而言，都如同一部電影的開場，像是掉進泥土裡便能開出花朵的種子。也因此，當我想起過去那個渴望身處異國的自己，我總是會在穿越城市時，極盡可能地，注意著與我擦身而過的人事物，例如在早晨的倫敦國王十字地鐵站，身後響起這樣的問句：「你要去哪裡？」轉頭尋覓聲音的來源，是兩個都拖著行李的中年男子正在交談，佇立在人來人往的走道中間，像是個恆靜的軸心，支撐著周圍的規律運轉。

例如在東倫敦的紅磚巷市集，旁邊走過一個形色匆忙的年輕人，正對著手機急促地說：「這邊的店都沒開，我要去搭地鐵、去白教堂站那邊的市集看看，無論如何，我今天一定得買到顏料……」又例如在擁擠的地鐵裡張望，試圖在眾多陌生人的面孔之外尋找一處能讓我的視線停留的畫面，然後看見了車窗上方的海報，印著詩人歌德（Johann Wolfgang von Goethe）寫的句子：「今朝最可貴。」（Nothing is worth more than this day）。

很久很久以前，我在另一座島上，把如今身處的這座城市想像成一個巨大的攝影棚，每個路牌後都嵌入隱藏式攝影機，地鐵站的站名就是電影的分鏡。我喜歡想像搖滾樂團的主唱如何手插皮衣口袋，哼著歌，穿越有著十八世紀雕像的廣場與公園，也喜歡想像當年福爾摩斯如何從別人褲腳的泥巴，而推測他住在倫敦的哪一區；但現在的我，平時只在意在哪裡能買到便宜的香蕉與蘋果，還有哪一家超市的薯片正在打折。很久很久以前，我喜歡想像北國秋天，人行道覆滿楓葉的景象，但現在的我，卻時常看著秋日的泥濘，想起過去曾蔓延這座島嶼的瘟疫。

但每當我從英國中部搭乘火車南下來到倫敦，暫時擺脫學業壓力，重新做個當年嚮往的旅人，我就情不自禁地開始在這座遠離台灣、但同樣是海島的首都裡四處張望，試圖為當年那個青春正盛的自己，收集倫敦生活的切片細胞。我似乎走上了一條命中注定的道路，在當年描畫出的輪廓線內，認真地塗色。

青春期被回收、攪拌，然後再造為我探索這座城市的力量。這座對過去的我而言，由莎士比亞、狄更斯、福爾摩斯與披頭四等各種人名的城市，這座我曾經在課本與課外讀物中，都不斷讀到的城市。然而每每以旅人的身份來到這裡，我依舊覺得過去所學到的關於這個城市的一切，卻輕易地被眼前的景象衝撞、輾毀。倫敦不再是由莎士比亞、狄更斯、福爾摩斯與披頭四等各種名字編織而成的世界，而是一個在舊時代的餘燼裡尋找新路的世界。

而將已逝之物回收、碾碎，再造為生命的柴火，對英國這個曾一度象徵古典守舊的國家而言，不正是歷史循環中的必經之路？英國當代藝術家邁可・蘭迪（Michael Landy）曾在一場名為「崩潰」（Break Down）的展覽中，公開將自己所擁有的所有物件，一一銷毀。從郵票、情書、家庭照片，到他心愛的跑車，一共七千九百二十七樣物品，一件不留。在這次瘋狂而又激進的展出後，他卻回頭製作傳統的石刻版畫，以細膩的線條描繪從人行道的裂縫間竄出的雜草。哲學家佛洛姆（Erich Fromm）曾指出人們普遍都有一種錯覺，以為自己的言行來自於個人嚴密思考後的結果，但其實和這世界上大部分的人所做出的決定，沒什麼不同，而我想蘭迪之所以決定徹底毀棄過去所有，正是希望能藉由抹去自己與他人的共通點，而後再次從生活中細膩到近乎肉眼難以察覺的罅隙裡，重新活過。而那些看似被銷毀的物件，卻如同遠古巨獸、死後為泥砂掩埋、然後歷經長時間的細菌分解與地底的高溫高壓等作用，最後終於衍生而成黑色原油，供給著下一輪世紀的煙火四射、燈火輝煌。

當我在倫敦街頭，撿拾倫敦人的生活即景，努力地讓青春期的自己在體內運轉時，我總是會想到那個放棄了一切，然後開始描繪雜草的蘭迪。一個連情書等私密之物都已捨去的人，在品嚐那烤得乾硬的吐司、切成三角形的冰涼火腿，以及淡而澷的咖啡之前，是否也能懷抱著未曾嘗試而滿懷期待的心意呢？

同樣是面對陳舊之物的重生，另一位英國藝術家柯娜莉・帕克（Cornelia Parker）的作品〈寒冷、漆黑之事〉（Cold Dark Matter），則是將所有器物以絲線懸吊起來，圍成圈狀，再將光源置於中心，於是當光線溢出，所有器物的影子便投射在周圍的牆上，形成了爆炸般的景象——但卻是一種輕手輕腳的、寂靜的爆破。這些原本早已破舊不堪的器物因為姿態的忽然改變，而呈現出令人驚豔的圖騰，而這樣的美必須經由重生才能創造。

於是，當陳舊之物被改造，一雙毛線手套裡也可能藏匿著一條沒有盡頭的隧道，一個時鐘裡面也可能大到容納得下一顆星球，燈泡裡能流出一顆碩大的夕陽，而地下鐵裡載運的不是面無表情的倫敦人，而是下一檔愛情電影的主角。

有時我會想像著，其實這些在城市裡匆忙穿梭的人們，都來自我青春期的投影。過去的我總是幻想著倫敦充滿了穿黑大衣的人們，於是我眼前就充滿了穿黑大衣的人們；過去的我幻想著地鐵裡充滿了低頭讀報的人們，於是坐在我週遭的乘客們便紛紛拿起了報紙。無論是在國王車站裡拖著行李、互問彼此要前往何方的男子，或是紅磚巷裡急著要買到顏料的年輕人，甚至是地鐵裡的歌德名言，都可能只是我在回收了青春期的幻想後，捏造出來的倫敦片段。

這樣想著，不禁覺得也許青春期的那個自己，正和我同時身處於地鐵站外的人潮之中，往國王車站的後巷行去。明天清晨，她將和我同時睜開眼睛，在那張深藍色的床單上醒來，窗外是國王十字車站後面那條過分安靜的小巷，旁邊是那間乏人問津的酒館。陽光將依舊從草地上、落葉間、窗櫺邊一路滑入房內，佔據了半張床單。我們將一起享用那烤得乾硬的吐司與淡而燙的咖啡，然後走出旅館，繼續昨日的倫敦冒險。

即使所謂的冒險可能只是聽見了陌生人的交談、看見了一句來自過去的詩，但對於一個青春正盛的旅人而言，即使是落葉的顏色，也會是冒險故事裡的一枚豐盈飽滿的，逗點。

《明道文藝》九十九年五月號

作者的話

在那個電腦還不夠普及的高中歲月，我度過了大量閱讀文學著作的時光。楊牧的《時光命題》與《涉事》、朱天心的《古都》、張惠菁的《惡寒》、卡爾維諾的《分成兩半的子爵》與《不存在的騎士》、村上春樹的《遇見百分百女孩》……如今若要我提起幾本最喜歡的文學作品，我想到的依舊是這些，在我對現實人生還懵懂無知，卻一一讀進了心坎裡的作品。若這些年來斷斷續續的寫作真得讓我學到了什麼，並且能轉告他人的話，那麼應該就是要把握那身心最為鮮活的年紀，好好地讀上幾本書，也許最後那些詩句與情節都被埋藏地底、破碎而不成形，但它們終將默默地醞釀為原油、在未來燃燒起寫作的火燄。追探養分的來源，永遠都會發現沉澱越久遠的能源，越神秘、也越珍貴、越強大，像是一種再也切割不開的血緣。

江凌青

我看見那張綿延之網漸次捕獲物事，黏附的小塵埃，
那些斑斕的蝶身、薄如枯葉的飛蛾，
那一次我們爬山賞花所帶回家壓製的乾燥花，
偷偷留下來的餐館的杯墊和火柴盒，
或者，你在樹下埋藏的童年寶藏……，
直到最後的我，也終於被蛛網綑縛纏繞。

蜘蛛巢城

潮騷

李時雍

西元一九八三年生於台北，清華大學台灣文學所畢業。寫作散文，曾獲教育部文藝創作獎、台北文學獎等。目前在一段役期的結束與下一段開始的途中。

互文與涉入
——小論李時雍散文

陳建男　撰

在《幼獅文藝》的專欄，李時雍以〈陸上行舟〉、〈在黑暗中漫舞〉、〈安達魯之犬〉、〈鏡子〉、〈四百擊〉、〈大路〉等名稱，陸續寫下一篇篇營區生活的心靈鏡射，彷若自地表與生活的重力脫離的生活，與大師的電影互文，儘管是斷片顯影，卻也不禁令讀者探問：「這是誰在演出的電影？」而〈歧路花園〉則借用波赫士的小說名稱，書寫父親的書房，藉以表達既有繼承又有新境的閱讀心路。與三島由紀夫的小說同名的〈潮騷〉亦然，引發讀者進一步的聯想，感情片段如鏡頭剪接，時而倒敘，時而拉長鏡頭，聚焦於離合種種細節。李時雍擅長運鏡於小處，如〈蜘蛛巢城〉那一牆角落的蛛網，由結巢開始，終至彌天覆地，鋪蓋城市的回憶，同時將記憶的佔有到蛛網塵封的離棄傷感運筆於一處。電影題材成為作家借鑑的素材並非少見，然而「透過往昔的某些物件，去追憶曾經歷的生活，並藉此對記憶（遺忘）與書寫的本質做思索」，卻成為李時雍鎔鑄生活、記憶與所觀所學最常出現的題材。

延續《你逐漸向我靠近》、〈夢旅人〉等書寫親人直見本心的筆觸，〈潮騷〉與〈蜘蛛巢城〉雖是書寫戀情，保持一定程度的距離，卻又綿密交織著近乎親人的書寫。「巢」字居處的名詞義與建築的動詞義，一如渴望「在一起靜靜的生活」，建築美好的願景；〈潮騷〉中躲雨一段，以方舟為喻，自成天地的甜蜜，一如家屋之渴想。但蛛網的脆弱又象徵感情之易逝，編織的一切只能成為塵封的回憶；潮水倏來倏退，亦如浪花之絢爛即逝。

蜘蛛巢城

起初是那一牆角落的蛛網。

每當我躺下，就能夠看見房間對角，空調與鹵素燈間，那靜靜結成的編織。

大小如你的手掌。

曾經，你便手撐同樣的位置，雙腳跨坐在矮梯，空出的另一手接著我沾過油漆後遞給你的毛刷；我看著你，襯著亮白如幕的牆面，燈照下，就像是一件置放於寬敞廳房中央，光潔而優美的石膏像，居高臨下，所有人都必須仰起頭，看你。

看你沾染了白漆如斑的牛仔褲，看你隨手將拭除了汗的毛巾，披掛在裸裎的肩膀上，看你因久久僵固的塗漆姿勢，間或像書桌上那小件仿摹羅丹《青銅時代》的美少年，伸著懶腰，肌理線條如石，那樣動人。

房間裡猶有一種嶄新的顏色，幾樣傢俱的塑膠封套都還未及拆去，組好的櫥櫃、六層書架，佈滿細細薄薄的木屑，且瀰漫著新木頭那種淡淡的香，我賴在鋪蓋於磁磚地板的舊報紙上，一邊看著其中墨黑油印的消息，一邊隨手用螺絲起子和扳手，組裝著小零件小東西，還想和你搭些溫柔的話，向高高在上的你，親愛的奧古斯特，報告，這座城市正發生的事：你知道嗎，報上說，再過幾週就是花季，到時我們一起爬山走走好吧；你知道嗎，報上說，臨近有一家新開幕的餐廳，每天都排上好長的隊，但吃過的客人都五顆星推薦；你知道嗎……。安靜的你回身，劉海微遮蓋眼，但我曉得，那目光是向我，那時你說，「此刻真像是家庭生活。」

是呀，我們一直渴盼的，圍城築巢，一起靜靜的生活。

那是我剛來到這座城市的日子。

沒有行前計畫，款帶幾件行李，便從酷暑的南方，像橫跨不同的氣候帶，來到這提早入秋的城。城裡有風，記得才出車站，迎接我的你就打了個大大的噴嚏，我笑你，那有人這樣見面招呼的。

驅車到市郊的學校，路途中，迥然不同於我所離開的鄉間，那釉綠、那廣闊如無際的景色，換之以高聳的樓房、鷹架店招、半空中如蛛網纏繞的電線，與看不見的虛擬線路；有片刻，車行上高架，隔著圍牆看出去即是兩側等高的住屋，我看見被窗框玻璃所圈限的人，如魚缸中靜滯的魚，圓口吐氣張合，盯視著電視螢光；或伸長雙手，在窄狹無法翻身的洗衣房晾曬衣服，吊衣繩纏縛，那些花綠衣料遂像是網上被捕獲的蝶身，在風中無力地擺盪；遠遠窗口內，猶有一對情人無聲默劇，分辨不出是扯談還是爭吵。

初時我感到你的城就像是一座陰鬱的森林，那些枝椏遮蓋住天，樓宅在風中緩搖，你是否發現，我不安地輕揣你衣袖的邊緣，喃喃對你說，那些蜂巢其中的生活，竟成為旅客眼中流逝的風景；我和你會不會也是相隔著車窗的乘客，只是此時此刻，如列車交會，緩速，停靠，在彼此的旁邊。

我記得，那時你手繞過我肩，輕輕擁擁我，說了聲，「傻瓜，我們不是就坐在同個班次的車上。」

校園附近，就是一條夜市街，日間人流稀疏，整個午後，我們輪流拖著行李箱，抖落大大的汗滴，在那些鐵門尚未拉起，或是玻璃窗上掛著「預備中」吊牌的店家，在一條條曲徑、窄巷間穿梭，撕去佈告欄貼上的紅紙條，按號碼撥去，詢問出租房屋的所在；就像是穿針引線，我們在巷道、在交通、在人際關係，織就起嶄新的生活。

像是之後辨識附近前往火車站的站牌，或者返回學校的公車班次；像是到幾個街角過去的賣場，添購一些傢俱或雜物；像是一個星期後，貨運車終於通知貨物將送達，我和你連忙跑下樓階，在鐵柵大門旁昂首顧盼，日光傾斜，你我影子的末端遂長長地連結在一起；像那時我抬起頭，逆光看你擦汗的模樣。

當那一牆角落的蛛網，在潔白牆上，從無到有，又從有到無。

如今只剩下我獨自守候著小屋。

還記得剛住下那段時間，你是如何耐心地像牽引孩子認招辨路上學校，帶我去走住家附近的每一條街，有時候是看我整日待在房中，不願出門，在和煦午後堅持把窩在床上看書的我拉出去，說你發現一間新咖啡屋，結果往往喝到一杯普普通通的咖啡，記住的，反而是沿途人家的院落，那些斑斕的花朵，自圍欄空隙間探頭而出；或者為添購生活用品，相偕上超市，歸程，你帶我折進巷弄的最底，是一個傳統市集，看你沿途和小販閒談殺價，買條魚、挑顆菜，要拿蔥帶蒜，說回家為我煮滿滿一桌的晚飯，而我只能拎著大包小包，在後面追趕你步伐，卻不忘觀察這裡生活的樣貌，那些黃綠圍裙繽紛若花，那些刀落在砧板的反覆之音，如快板的探戈，濃郁的果香，壞腐的肉，水排流進溝渠嘩嘩作響，講價或是問候的呼喊，皆是一種溫暖的喧囂。

你就像在說故事，對週遭事物的每一個細節、每一道光影、每一個人物的塑造，都娓娓道來，那一條巷子後面有餐廳聚集，從那裡可以比較快走到後街的公園，那裡有滑梯、翹翹板、空心結構的旋轉地球儀。後來答案揭曉，原來你童年曾住過這裡很長一段的時光，「所以才搬至這，與你住下。」你露出頑童的神氣樣。

原來你曾經住過這裡啊。

直到那時，我才開始覺著這座城市的實感與溫度，像每一塊冰冷的磚石間，少少的土泥，冒長出細細綠綠的葉芽，綻放小小的花；如撥雲見日，有陽光從矗立的樓房的間隙，水塔或窗面反射，穿過雨棚和突出的晾曬衣服的木竿，穿過每一戶陽台裝設之鐵架，如灑水器水花落下；走在其間，彷彿置身在萬花筒的最底，看光線從上而下，在四周破裂成光影的碎花。我於是也會在你不在的時刻，自己出門，到附近走走，只為了要看看這個你曾經埋下記憶的地方，會否在什麼角落，被我考掘出你童年的藏寶，偷偷惡補，我錯過的關於你的時光。

那是過往你在話語中偶爾描繪的遠處，如今卻近在我的身旁。

每個早上，沿著騎樓，經過早餐店、咖啡館，更多的是還未開門營業的店家，跨過街口，就到學校。那時你總還在睡，我會將早點留在床邊的矮几，輕輕帶上門，靜靜的獨自的展開一天。

下午則會在校園內逗留一陣，或會去研究室找你，或許到咖啡廳坐坐，揀選最靠角落窗邊的位置，店員看見我，好有默契便端來水杯，同時泡好一杯熱氣蒸騰的黑咖啡；在那看書，在那發呆，偶爾走近吧台，看裡邊服務生忙進忙出，等秋日午後炙熱稍緩，便拎著背包，出發散步。

面對那大片陰鬱的森林，過去的自己，總走在結草歧徑內，不致走得太遠，直到那時才開始有了新的探險。

甚至，在你離開之後，我仍舊依循著你的足跡，繪製你離去的地圖。

是那一間小學校園，圍籬邊，老松垂鬚落地，樹影下曾疊有你和幼時玩伴打勾勾許願的石頭堆，是那一本漫畫、那一個模型金剛、那一段時光的化石，深埋其下，你帶我走過旁側平橫桿，朽木已斑駁，猶未新漆修復，木身仍留有孩子們以石尖刻下的名字和記號，一筆一劃，都是童年的秘密和許諾。

棒球落地的人磚道，如今是地下鐵出口站；曾經騎馬打仗的荒置空地，如今蓋起商場大樓；校舍穿廊的磨石地磚留有你八字滑冰的輪印，牆面上則有練習排球的泥跡。

那一天你就帶著我從這裡出發，沿著磨石鋪道、雜草叢生的沙坑、脫漆的跑道，一點一點，編織著你的故事與城市。

從無，到有。

你的臉在陽光映照下透著暈紅，細微的汗珠密佈頸後，我緊緊跟上你，聽你饒有興致地訴說著這些那些，卻總是感到一絲什麼，如隔著時光的堤岸，再無法跨越過去。每當你愈仔細繪描，那些故事場景的背後，如篩網濾沙，所能聽見的僅是不斷流逝的沙落之音，唰唰唰唰，在你居所之城的每一處縫隙；在那些翻建路面，臨時搭蓋的鐵皮圍牆，新鋪水泥和柏油，或是石礫，那其中，會否埋有當時你揮擊而出的棒球，會否有你初次約會，等候初戀情人的公園長椅，會有那一盞映亮你幽黯夢境的街燈，或是午夜時分的古老鐘聲？

我努力地看，卻什麼都看不清楚。

而我們除了結網築城，又能夠做些其他的什麼。

從學校，到遊樂場、補習街、地下鐵車站、影院售票間、百貨商場，繞完一圈不過一天時間，卻已是所有關於你的歷史的軌跡。

當那晚，我像是繪製地圖般，在你磨石般的身上雕刻著日間走過的地方，從脖頸繞過背脊，像環狀鐵道線，在每一塊枕木、每一座月台，停靠、暫留，我們當時都猶未知曉，那會是最後一趟的旅程，你的身體之城，就像是那一段塌陷的時光，鑿開的路面底下，早已遍佈蛛網。

你曾說，我們不是就坐在同個班次的車上。

然而你終究先行離站，留我一人，在空去的城市中無盡旋繞。

再無法跨越出去。

在你離開之後，我任由時間停止在你離去的那刻。

起初，是那一牆角落的蛛網。大小如你的手掌。蓄積的灰塵，在昏黃的光線中，兀自白皚皚地閃耀。

悄悄編織擴大。

先是高起的櫥櫃，每本書頁間都纏上蛛絲，而後擴及至電視機雜訊花白閃爍，漸蒙塵埃的牆面，跨過房間對角線，停落在桌上石膏像，纏縛著風扇葉片、音響真空管，以至我躺下的床鋪。

或者是，從窗框之罅隙而出，如葛藤攀附，臨近之早餐店、咖啡館、學校校舍，環繞交織，那些我們曾經一起走過的地方。

我看見那張綿延之網漸次捕獲物事，黏附的小塵埃，那些斑爛的蝶身、薄如枯葉的飛蛾，那一次我們爬山賞花所帶回家壓製的乾燥花，偷偷留下來的餐館的杯墊和火柴盒，或者，你在樹下埋藏的童年寶藏……，直到最後的我，也終於被蛛網綑縛纏繞。

像是所有關於你鋪枝蓋巢的記憶，盡皆網羅其中，塞滿整個巨大的桎梏之上。蛛網巢城。

在一起靜靜的生活。
然而親愛的，你已不在。

本文獲二〇〇七年「第十屆台北文學獎」散文佳作
後收入《第十屆台北文學獎得獎作品集》

潮騷

最後，妳眉頭緊蹙目光空茫，一如燈塔，朝往我身後無盡的海面搜尋。然而那裡已沒有愛了啊，我說，妳點點頭又搖搖頭。幽黯中唯有漁火，是妳如網般投擲的質問，「為什麼呢、為什麼……」我毫無辦法辯答，只能任其墜沉至虛空的淺潮，一如破碎星光，任由妳獨自漂航在廣袤不及沿岸的海，直到遠方……

親愛的阿涅絲，如今我才知道記憶原是一張太過綑實的網，是那些日子妳默默以生活的線球，一個繩結穿過一個繩結，細密地織就，成為環圍海域的流刺。在妳離開之後，那麼多年，我依然不時在城市穿梭間，為妳相關的事物捕獲。妳能想像一個促狹擠身於昔日的人，如何無力脫困，而疲憊已極的模樣嗎？那些時候妳總說，我是兩人關係處在現實那端，「幸虧仍有一人是清醒的。」像一句責難，實亦是沉重的桎梏。妳不曉得其時我是如何拚命，方能支撐那所謂的現實，猶如一再將情感的堤堰築起，以防備內裡加劇的潮漲，於是一天妳離我而去，厚實泥牆撐不住塌潰，至此我的海岸漫漶成災。

如今我是再沒能力回歸至正常的生活了，就像是朽壞的舢木，我與現實唯一的牽繫，只剩一繩將斷未斷的纜，懸盪在回憶裡起伏的潮汐。在妳離開之後，這世界瀰漫起大霧，舉目迷茫，星宿隱沒，掌著時間的羅盤，我又如何能夠由這其中辨識方向？遊走於已然陌生的城市，什麼都顯得如此遙遠了，什麼卻都依稀充滿著妳的身影，大浪撲面，轉瞬間沉沒至深不透光的過往。

然而，親愛的阿涅絲，當一切倏忽流逝，那些如貝般留下的會是什麼呢？是那些最初，我們走在背山小徑，四月的晚風中有清淡花香，抬頭可見枝椏叢葉間，星空斑駁如銀河波光，順著石磚鋪地走，夜色微微、路燈青青，照映在身後我們曳長的身影交疊一起。四周黝黑，時間緩慢下來，似乎可以分辨得出每片落葉的踏碎之聲，蟲音綿延若河，從過去緩流至未來。妳靠得我那麼近，肩碰肩，浪花在崖壁間翻滾，我看不見妳的臉，卻聽見妳呼吸淺淺輕晃葉梢，那時我們初相識，我吶吶不著邊際地說，妳不發一語默默聆聽，就像世界只剩下我們。

妳說再往前走，穿過林間小徑，往前走，越過草地緩坡，磚道盡頭就是妳生活與讀書其中的美麗建築，搭築於半山腰，一個高挺的樓塔好遠就能看到。在妳離開以後，每次不經意由寓所的窗口望看去，樓塔霧中面對面，總是憂傷莫名地想起妳是否仍好、仍在那。

妳說再進去，闃暗的大廳空空闊闊，足蹬磨石地，冰冷跫音在四壁之間迴旋不已，墨黑藤蔓從上方樓台垂掛下，森然入夢，我們因而有了更靠近些的距離。一路尋探攻頂，建築裡頭迴廊折曲妳引著我摸黑走迷路，直到底發現是一堵牆，倆人忍不住又是一串笑。

推開閣樓鐵柵門，涼風迎面，插上旗，終於我們站在小城的最高處。倚著粗礫泥圍牆，底下一整座城市盡收眼中，人間燈火，延伸至夜色的盡頭。妳在其中斑斕光點為我畫出一幅一幅星系圖，馳騁平野的那是人馬座、居高臨下鬃毛肆意的那是獅子座、白羊座、天蠍座，妳說每個星座都有它們各自的故事。那麼妳有沒有看見，我說，那圍聚樓舍間那顆隱微的星？妳順著我的方向找過去，它是什麼名字呢？妳好奇地問，妳找到了嗎？我小聲回答：那是我。藍色屋脊。我的家。……我和妳的故事。時間靜止。直到身後水塔運轉噠噠作響。我不確定妳是否已聽到，只是那手悄悄牽住我的手，心窩微涼，佈滿霜。

阿涅絲，不像後來的回憶滿是光害，我必須非常努力，兩手合起罩住眼眶，那黑暗中稀疏星點才會一點一點地浮現。

接下去整個四月的雨。

當一切事過境遷，我才知道那或是分別的前奏曲。

是那些夜晚，我們圍困在小小房間內。開始，愈加頻繁地見面總是甜蜜，然而外頭終日有雨，裡頭坐困愁城，漉溼的愛情未及乾，掛滿一整個屋內。妳最常坐我桌前讀書，隨屋簷水滴如韻，背誦我不懂的佛洛斯特，或是徐林克，笑說妳願意為我朗讀，一字一句，都像是要對我說的話，窗帷半掩，偶爾向窗外雨幕恆久凝視，眼裡盡是遼闊的空無。我就在一旁床上賴聚假寐，微瞇眼看妳濛霧側臉，是雨落下的線條，輕墜眉心。我總在想，那些時候妳究竟想著些什麼？我們趁黃昏雨歇外出散步，趕雨夜降臨前刻回到家，雨勢逐日增劇延長，索性後來再不出門。就像是新神話記載下的諾亞方舟。為一次橫渡洪荒之愛，擎起舵，禽鳥牛羊，妳和我，這屋宇就是我們的舟楫，寫千年流傳的傳說。

結果竟是我們太早即將愛情揮霍殆盡。過於飽和的相處、爭執，和傷害。以至於當積聚雲氣漸次消散，曙光初露其中，竟不曉該感到開心或者悲傷。過去每一次的擁抱和親吻，或是為抵禦那永恆不歇的季節，突地雨過天晴，才發覺彼此其實已疲憊不堪。

妳還記得嗎，阿涅絲，在擁抱之中我們告別了最後一場雨，枝身因負荷一季的摧折而垂謝，飄落於鋪地葉片的最上頭。窗外漸趨寂靜，妳離開我說妳該回去了。久違光線穿越紗簾，在室內投下暗影，我眼淚忍住不落，卻知道我們再回不到最初過去……

我感到自己像是最後離去的孩子，如此依依不捨，撿拾記憶淺灘上那些遺落的貝殼。弄得全身沙礫和鹽漬，而褲子口袋都已經塞得滿滿，卻還是帶不走為數更多的美好人事，只能任他們在時間之潮中沉浮，終至消隱無蹤。

若此，會不會有一天我也再想不起妳了？

會是那一趟旅程，列車一路向南。南國日陽烈烈，曬得車內暖和，窗外是一望無際的草野，土埂縱橫交織，水田倒映，成為另一個相反的世界。那時整車廂假期外出的人群，妳我挨擠於窄小茶水間，顛簸中為短暫逃離那圍困的城。前夜妳說，能不能和我一起去看一次海。沒有明說，那將是我們最後的一站。石瓦造屋裊裊炊煙，列車一站站慢緩停靠，乘客陸續下車，月台愈來愈小，卻離逝去的妳我愈來愈遠，直到抵達邊境之境，我們是最後下車的人，跨出車門，一腳就踏進軟軟的土泥裡。

翻越小段緩坡路，那路像我們初初走過的那段，只是風大，沙塵颳在身上如回憶帶有微微的痛。空氣中瀰漫著木麻黃香，葛藤纏附岩礫間，紅花蔟生。然而我們只是不斷地朝往浪聲的方向邁去。親愛的阿涅絲，我記得那時妳先我走在前頭，一手壓緊帽緣，迎風登上土丘頂。斜斜背影倚定在那，立時海洋彷彿在眼前如幕展開，鷗鳥旋飛、有浪拍岸、潮音迴繞、很久很久……。然而我終究不知道那些時候妳在想著些什麼？那些記憶迴湧，直到如今，我是不是才能夠看得更為清楚妳眼中的風景？我絲毫沒有把握，而一切其實也早已隨海潮退去。

　　我緊跟妳跑下沙灘，腳踩過妳的足印，沙粒滲入指縫之間。無人的海岸，舢舨略略舊蝕，小船荒廢甲板邊，逐波起浮。妳已繞過鐵絲成綑的牡蠣和貝螺，繞過為人丟棄的瓶瓶罐罐，和曝曬裂綻的廢棄輪胎，在海洋與陸地的邊界，來回追逐那陣陣的碎浪；而我在遠處靜靜看妳，悲傷地想起，當這一切過去，還有什麼是會留下來呢？

　　還是那時，我們倚身在礁石之隙，赤足踏在冰冷海潮中，妳一陣一陣向我挨近翻湧，直到擊撞我岩身，破碎成浪，沖蝕著一道道恆長的痕跡。妳的雙手懷抱有如海中藤蔓，吻如蟹螯，目光彷若深海魚族的螢光，頃刻間，我看見群魚自妳身後伏躍出海水面，落日餘輝，發出巨大的哀鳴。我說：「我們已沒有愛了。」潮汐漲落，退向寧靜之海……

我看著妳先離開，在那沙灘長長的鋪木步道上，妳的四周是一處為人遺忘的荒蕪海岸。妳在登上土丘時回頭一望……，最後，折身往來時的路。

妳和那年的暮色遂同時隱沒，在低迴的潮騷之中。

發表於二〇〇七年五月《幼獅文藝》六四一期

作者的話

一、零零星星地寫，不知幾年，寫不多，幾乎忘了初衷，也不知哪一天開始被認為是寫作的人；才發覺，不寫比寫快樂，不說比說，能夠說的更多，但為時已晚，我會的不是很多。

二、大人比小孩，不屬於空間的。他們疏於擺置身體，不懂哭泣，忘了舞，忘了滑倒後坐在地上大笑。他們以為別人在看，他們的自以為令別人也以為起來。他們將自己放進時間之中，所以寫作而不舞，所以一直一直地衰老，直到骨質疏鬆，彎不下腰。

三、尼采論寫作，「我祇能信仰一個知道如何跳舞的上帝。」接近三十，我學起隔壁的小女孩，舉手，投足，牙牙學語，倒立歌唱。

是了，男人味。

沐浴乳廣告中張孝全淋漓汗水無邪臉龐，

肉身線條在四散白燦燦水光間若隱若現。

冷麝香，強調年輕胴體的清剛，

古銅、小麥色健康勻稱膚質，有原獸的想像；

刮鬍水則帶有爽脆的沖澹的薄荷味，兼及收斂毛孔……

衣所欲言
驚起卻回頭

甘炤文

西元一九八五年生，布農族名勒虎（Lahu），筆名无邪。台中一中、台大中文系畢業，現就讀於台大台文所碩士班。創作曾獲新世紀全球華文青年文學獎、教育部文藝創作獎、大墩文學獎、玉山文學獎、花蓮文學獎、浯島文學獎、林園文學獎、台大賦思文學獎、中一中校友會紅樓文學獎等，論評曾獲台灣文學研究生學術論文研討會推薦獎、推理評論金鑰獎等。散文入選《晴乞い祭り》（日本：草風館）、原住民文學年度文學選集。現為原住民作家筆會會員。

青春和戀物的末世輝煌

——小論甘炤文散文

何敬堯　撰

象徵美學的崇拜信仰在甘炤文的創作中臻於極限，如同最虔誠的信徒般試圖在現代的迷宮城域中留下一圈圈引導出路的彩色線團，在命名為「人」的密室與密室之間潛伏相流著最隱晦幽微的生命情思，而那一線閃著青磷的脆弱絲繩又能指引著我們通往何種烏托邦抑或地獄般鮮豔華麗的光景呢？閱讀甘炤文的文字猶如參加一場文字與情感交互淬鍊的神秘祭典，語言是帶著魔性般精緻的蠱惑，諳於美術繪畫、流行術語、時尚品牌、哲學經典、流行音樂的背景知識，嫻熟於安伯托・艾可、薩皮爾、乃至於三宅一生，使得作品優游於形上與形下世界而遊刃有餘，信手拈來皆成錦字佳言，甘心成為一名不辭辛勞的織字者而耽溺於捏縫出一座座象徵之森林。

森羅萬象成就了作品裡世紀末般瞠目結舌的現代博物館般的收藏展演。文學獎作品〈衣所欲言〉中體現作者的靈肉辯證思索，經由日日與肌膚相親的各類衣物質地、色澤、款樣、觸覺、時尚的考究中，更進一步將這些小細節指涉關聯於時空間、人際關係等巨大命題，衣所欲言而伊索寓言，昔日伊索講述故事是為了明搏國君一笑並暗諷人情義理，而文章中層疊的象徵符碼則憑弔著曾有過的繁華榮景，開頭以搬家情事起興彷彿暗喻著空間與時間的遞嬗性與大哉問：曾居宿其間的百物真有其意義嗎？而在〈驚起卻回頭〉中，藉由書信體寫作，質疑著過往歲月的價值，情感的衡量尺規經在作者慣常華麗的字句細心測距中，由原先的失衡慢慢恢復水平的沉靜，文字作為一種療傷，確實有撫平的可能，並且篩出了那些曾以為已然遺忘的深邃心情。

衣所欲言

——獻給兄弟幫：F、A、S、H、I、O、N；
那些一步步陪著我，從青春期前線撤退下來的男孩們

（「準備好了嗎？要開始倒數了。嘿，讓我們一起，把上個世紀所有的缺憾還諸天地。」）

（「你決定搬回學校宿舍了麼？為什麼？也是啦……一個人住挺無聊的。但我好喜歡你先前賃居的小房間，一整面的毛玻璃暈著天光，令我回想起地中海風光明媚的小島春夏。」）

（「谷川俊太郎的詩句：少年闔上書頁這樣想了／我能成為一張潔白的書頁嗎／為了那從未讀過的故事」）

獻歲發春兮，汨吾南征。

故事的起頭總是早春，一年之計，在新近遷入的宿舍裡我忙於將五六百本書兩三百片CD、VCD、DVD上架，A＆F從旁協助，不時咒唸道欸你東西真不是普通的多耶光收拾我看就要好幾個星期吧！一整落的字述典籍堆在角落紙箱中悶放十數日，取出，只見其書頁軟塌，一本本累累成塊狀似不甚新鮮的結晶岩，平裝封面或折了角，或被紡上一層薄灰——都說了，台北空氣不好、溼氣又重——隔著口罩我耐住性子抖掉塵埃，並拿出乾燥棉布悉心揩拭表層；有些書封的美工設計著實令人激賞，可惜也已染上些許黴斑，在時間的蝕化作用下逐漸暗敗下去了。

A＆F一面動作一面仍不住嘀咕，我氣定神閒只是聽聆，微微不在乎又彷彿極包容極體諒似的，船過水無痕。手邊貓頭鷹版《存在與虛無》讀到第貳章視線就此擱淺在「自在和自為」的辯證上，心頭卻急於替此後的日子定錨。深諳自己即將成為研所應試生，如幸運通過篩選，則或將走向學術研究、發表論文的灰階路子，無論如何，是再回不去過去那種糊塗終日不知慚惶的全彩歲月了。

確實是一個思謀未來方向的轉折點：Singular Point。

然而搬家後數日，耕織俱廢，心態懶洋洋如昨日的雲；闔上書頁，思緒恍惚還滯留在去冬溫吞吞的金棕銅褐暖色毛呢料間，台北都會亞熱帶卻忽如一夜東風來……東風吹，吹什麼？吹紐約巴黎倫敦東京米蘭當季剪裁、新款設計。

拉開窗前百葉帘子，散裝的陽光即刻排闥而入，街頭，與時髦相偕的儷人們紛紛換上新裝，細步款款如穿花蛺蝶點水蜻蜓，顏色也是南方桃花江楊柳岸的那種鮮嫩柔淡；稠瀰一點的呢，像果凍，寒天，膠原蛋白，浮隱於市廛，大地迴甦的暢旺生息嚶嚶嗡嗡附麗著捲雲皺荷葉皺褶帶皺，蛋糕裙、糖果襪一件件出爐，造成小規模熱賣，中性商品位居要津，男女通吃遍地風流。

繁殖季節。同樣強調人與人良善互動關係，民胞物與。

風尚影響所及，金屬疲勞，戒指項鍊耳環開始流行起矽膠材質；不若銅錫鎳鉻合金輩的清冷堅奇，矽膠製品或加工染色、或隨體詰屈，奇形怪狀好生動活潑地展演出海綿寶寶的檸檬黃，泰迪熊的焦糖褐，串珠式的搪瓷白船錨墜鍊則搭配動物木雕、水果花片，在人們的胸口孵育著小小的海盜的夢。

如此橙黃橘綠，連東坡那樣曠放的人都說了：「一年好景君須記。」

正是姹紫嫣紅開遍的人間，美景良辰、賞心樂事，向來被我們寓為愛情典範的H，卻毫無預警和交往三年半的女友分手了。據稱，對方另已暗結新歡多時，是研究所的學長：儒雅，博學，亦狂亦俠，閒來無事還會打打太極寫寫書法吹吹洞簫；「協議」分手（其實是木已成舟致使對方不得不和盤托出細節）的那夜，同樣是據稱，H買了兩手台啤，野狼機車龍頭一擺獨自駛到某處人跡鮮至的空白海岸，失心瘋般，徹夜嘶吼喊叫直至東方翻出魚肚白。倦了，一頭狂亂黑髮就栽在糙糲沙灘上，任淚水漫過海水，漫過繁花星辰盛放的四月天。

總在四月。殘酷的四月。丁香結愁，一株株自荒幽的垓地間冒長出來。啊，年少抛人容易去。

自此，H與眾家兄弟音斷信絕，無形無蹤彷彿人間蒸發般，千喚不一回。五月斯螽動股，六月莎雞振羽。期間台北晴時多雲，偶陣雨的時候呢，感覺城市就要被紛墜的水滴暈開、裂解了，轉瞬間陽光逆閃如鱗，又是紅了櫻桃綠了芭蕉的清平盛景。至於H，老樣子，見首不見尾地以幽靈化形象出沒於兄弟們的攸攸口耳之間。

只有一次，唯一的一次，例假日我在往咖啡館的途中要不是那雙限量版馬汀大夫鞋過於惹眼我根本無由辯識，天啊斜前方那個人真的是、真的是我所認識的電眼型男H嗎？昔日令我輩好生羨慕的闊手長足於今倍覺其難以安措，H彷彿陷入無意識狀態般不理會旁人地自顧自漫遊，姿態恍若通靈；一對朗朗眉目被四竄無有修整的蓬髮遮斷了，滿面于思，身上一件不整的雪白帽衫，背沿處翻出幾坨泛黃污漬，PUMA亮面運動包拉鍊將拉未拉，底下著一厚棉灰垮褲蹣跚著行走，尤似拖著兩座千斤塔般移動艱難（事實上這種配搭法根本辜負了那雙好惹眼限量版馬汀大夫鞋！），整個人風采盡失，好生邋遢憔悴貌。

三番兩度，H開始無所避忌以同款裝扮示現人前，坐實了眾所投射的幽靈想像。背地裡，F終於看不下去地率先發難：「……頭毛不剪鬍子也不刮，活像個中世紀成天躲在地窖裡抄書沒臉見人的，糙老修士。」A也不落人後加以譏評：「呃，誰勸勸他衣服好歹也洗、乾、淨、一、點、好嗎，黃一塊黑一塊，髒呼呼的這樣我哪敢幫他介紹新對象！」唉落井下石容易但，又有誰記得他那原本衣架子般的骨肉身形、記得他初墜愛河時，那一雙無時無刻不柔情亮暖睒起來甜煞人心窩的水光盈漾瞳眸？

朋輩鄙薄尚如此，昨日戀人安可逢？

而我好想給H一個結實的擁抱並溫言勸慰：「所以說，這短暫如寄的一生，我們戀物足矣，又何必戀人。」

（「最近，都在做些什麼呢？一切還順利？噢真的嗎，你真的確定要延畢了？」）

（「是啊，大家都漸漸走向不同的路子了。」「……以後，想成為什麼樣的大人呢？」）

火傘高張七八月盛夏，我的心境轉換清炯炯如半寶石。每日動線幾不脫宿舍圖書館餐廳，三點一平面，由此開始將生活簡化。

簡而減之，拋棄冗餘雕飾、鬆綁肢體，人身復返均質渾樸。衣櫥裡，抽繩七分卡其褲、棉灰運動短褲、仿兩件式牛仔褲輪流穿搭，餘下的插戴一律剝除乾淨，只剩左腕 SEIKO 鋼錶辨記時間，鍍銀尾戒防小人，此外便是耐磨損帆布包帆布鞋。清清灑灑，我領著新招募的一支 POLO 衫軍團——礦灰，泥炭褐，粗胚白，石帝黃，瑪瑙紅，橄欖綠，水晶紫，土耳其藍，歙硯黑，我領著它們，躲在冷氣間裡頭思謀清野堅壁，力抗台北燠悶沮洳的長夏季候。

POLO衫或單穿，維持本身的律動剪裁，或兩兩相套，使其衣領交構，裡外參差疊複恰恰如並蒂花開，各表一枝。據稱這是香江仔率先發明、隨後飄洋過海而來的實驗穿法——以前不也做過類似的數學問題嗎：某公欲渡河，身後共有牛、羊、豬、狗、猴、雞等牲畜六隻。然小船運載量有限，除了某公外每次至多只能負載兩隻動物，請問，一共可以有多少種排列組合方式？但那是數學，理論先行，現實生活中卻不是那樣。在扣除「紅配綠，狗臭屁」、「紅配紫，一泡屎」之後，白色不耐看不耐髒三兩天得換洗，黑色吸光吸熱易黏滯，土耳其藍尤不適合日日豔陽底下招搖過路——否則，那種畸異的藍法盯久了，怕是要令人發瘋的。

一整個夏天的風流雲散，我做如是打扮，感覺自己幾要為圖書館內滿櫃架滿櫃架的書報同化，成為木質纖維脆裂的一部份、蠹蟲窸窣游移的一部份，也是來自窗玻璃外投射於閱讀小桌前的光塵的部份。如此我動心忍性與字團密麻的文本理論史料相伴度，效法印度苦行僧侶肉身如如不動，卻又無時無刻不在淬礪意志、澡雪精神。

POLO衫褪下隨手丟入洗衣機洗濯、陽台晾曬，濕濡復乾酥，時漸移事俱往，或單穿或兩兩相套然而七七四十九變終有技窮之時。

仳離之世，眾家兄弟自忙自，人各有身。期間偶有熱心腸I與N分別致電，一片冰心呼告：欸找個機會大夥聚聚嘛，只要你開口……我只是疏冷以對，未有片言允諾。有了允諾，就有失信、失望、失守的可能，不！這個夏天，我嚴厲抗拒任何形式的牽絲扳藤。

果真受不住孤單的時刻就按下播放鍵，啟動隨身iPod吧。匏土革、木石金，八方樂音任君揀擇，但聞人語未見人蹤，倒是親而不膩；聽覺於焉對轉視覺——英文「music」，希臘語μουσαι，中譯作「繆斯」——無國界語言呵，馳情入幻處直可追及天人交感的祕契狂躁與狂喜。

而那確實是我輩共有的經歷呀。

讀書考試讀書，經升學機制一遍遍淘選，從世紀末到世紀初，物質廢墟，歲月沉沙，僥倖通過者羞怯地躡足現身如煤礦場裡蹓出一隻隻黑貓。還記得嗎，大學指定科考放榜後，我們曾如釋重負般結結實實野了一夏：讀村上龍《69》，學瘋狂粉絲追星，搞讀書會，趕午夜場電影，唱遊，鐵馬環島，四處趴趴走奇怪精神好飽滿舒綻如木棉紛紛爆散出棉絮，絲毫不覺困倦。限量版紀念版珍藏版絕版CD彼此交換著聽，聽五線譜編搭音符，音符勾織成段落，段落結構出旋律，旋律盈滿青春旭旦般的初心。白雪陽春，眼前亦是吟哦不盡的流年傳奇。

那幾個年頭，孫燕姿的〈風箏〉滿天飛，小天王周董雜糅詩書中國禮月江山的詞曲風光兩岸三地；五月天逃離〈瘋狂世界〉，王靖雯〈百年孤寂〉。傷逝愛情，憑弔青春，憂傷歌喉令人神魂徐徐陷溺再陷溺，金蘋果落在銀網子裡……直到回歸世紀初，天使之音。不不，不是班雅明召喚而來的大天使，而是陳綺貞、張懸間或舊醅新裝木匠兄妹一類創作兼氣質歌手，嗓音溫柔清甜，聆賞者彷彿要與之一同走進泛黃照片般的懷舊背景裡。

螺旋加鋸齒狀時間。強調異國情調、參差對照感，厭新喜舊。於是古著當道，以東洋代官山為發軔點，縈繞「波西米亞」意象的民族裝扮潮開始踩著浪遊之歌款步現身了。

九月、天高、人浮躁。POLO 衫軍團貞毅沉默效忠一夏，終究被我鎖進深深櫃櫥，取而代之的是棉麻底合身背心、寬鬆滑水褲、開襟線衫，新買一件質地柔韌簇新到不行的澄靛直筒牛仔褲因為版型過大意外成為我的衣學實驗用料。

耗費數時日，我先是利用彈性鋼刷，於表面反覆爬梳以達到自然白褪效果，而後取出鉸剪裁製出不規則毛邊、抽鬚，撥正反亂，務使纖維鬆脫而不斷，顏色斑雜而層次儼然。

大功告成後亮亮麗麗穿將出去，果真搏得了全面讚評。當眾人一股腦兒追問這到底哪裡買的花多少錢不會吧你自己做的、DIY？只知其一卻殊不知我的靈感原起自當季時裝雜誌內頁的一幀半版全彩廣告——背景是個暴動後的都會街頭吧，煙花焚城，中產階級潰退，農民工人雙雙撐起半邊天。畫面裡，數名面貌獰惡的武裝份子排圍成半圓環狀，視線凜凜投向中央，一名雙臂反綁在粗樁上的單眼皮男模神情堅毅，半身有如銅鑄般赤精光裸，通體僅著一件合身鬼洗牛仔褲：大和民族最自豪的武士道之藍，底下乾草堆燃起烈燄熊熊也彷彿呼應〈東京事變〉裡頭歌姬椎名林檎妖嬈的塞擦音。旁邊，則站有一酷靚皮裝悍媚女子，高舉著定讞告示牌，上頭載記罪名：「三年來只和一人發生性行為」。左下緣且另註記著二行小字，其一曰：洗滌前加粗鹽浸泡水中約廿分鐘，可避免溶色；其二曰：new arrival，價格電洽。

某個秋陽蒸蒸的午后，我喜滋滋地將此一浸泡妙訣授予我母，孰料我母臉一板鼻孔朝天悶哼出氣碎碎唸道：「……講什麼鬼洗神洗加不加鹽巴的，到最後還不都丟給老媽子洗。」我波浪鼓般大大搖頭心想啊老媽子哪裡懂得 Bule Way 的手工磨洗神髓！哪裡懂得，磨洗洗出的鬼魅凝視與咆哮、菊花與劍；獨創視覺撕裂法，使得攀附其上的粗獷紋理亦兼有丹寧布料的糙糲觸感。如此這般感官的同位異構，總綰其名，可曰為「男人味」。

是了，男人味。沐浴乳廣告中張孝全淋漓汗水無邪臉龐，肉身線條在四散白燦燦水光間若隱若現。

冷麝香，強調年輕胴體的清剛，古銅、小麥色健康勻稱膚質，有原獸的想像；刮鬍水則帶有爽脆的沖澹的薄荷味，兼及收斂毛孔，但這還不夠，運動品牌adidas積極攻佔Z世代消費市場，推出系列香水、磨砂膏、潔面乳，爽身氛圍或噴霧或滾珠，內含物清一色是天然材料，來自大地的贈禮、提煉再提煉的精華元素：

葡萄柚。金桔。甜瓜。檸檬。佛手柑。杜松莓。西洋梨。黑栗。鮮橘葉。胡荽葉。馬鞭草。白蒼蘭。薰衣草。天竺葵。茉莉。桃木。印度檀。雪松。阿米香樹。可可亞。

前味中味後味，是為果香、花香、木質香。嗅覺的複調。

「你不知道嗎。」O一本正經對我說，「其他感官訊號傳遞走的是大腦皮層間接資料處理路線，我們的鼻子呢，卻有本事直達情緒中樞，促使心智發動進階想像，也就是普魯斯特所謂的，『不由自主的回憶』。」伊比鳩魯學派奉行者O，和我約在東區知名德式茶館。偌大的空間光潔敞亮如綠房子，冬溫夏清，單面粉牆並飾以擁有兩百多年品牌歷史的 Villeroy & Boch 細瓷繪盤，希臘鎖式圖紋、造型線版、腰花壁紙、幻麗蕾絲勾織桌巾、珠繡滾銀蒽靠枕。

薄光漫如霧的下午，我慵慵坐在仿製檀木骨董椅上，耳畔飄忽一陣 BASA NOVA 爵士樂曲風。俄頃O推門而入，一身酒紅西裝薄外套、米白壓藤蕨紋襯衫，窄版燈芯絨黑長褲褲襬紮進半筒麂皮方頭靴，挑染秀髮迎風獵獵輕搖；當然，少不了角膜放大色片，他的招牌。娃娃國，娃娃兵，金髮藍眼睛。

貓王子O男身女相惺惺態，但難得妖嬈的都會雅痞風被他玩得如此正色。一聲抱歉啦遲到了，他眨巴著雙眼優雅落座，用口緣貼有金箔的水晶寬杯歠飲特調果茶。對面，我不住揶揄：「你穿那麼正式幹嘛——剛參加完婚禮啊？」他震了一震，輕描淡寫說不。我從第二殯儀館搭計程車過來的。去送我高中同學最後一程。

人生不滿百，何不秉燭遊。唉，所以O輕發歎喟，生命就該浪費在美好的事物上不是嗎。我們乾杯。

匡啷——你乾杯，我隨意。喝了它嗎。不了，S答。我從不喝酒。我抽菸。

藍「噹」——藍牌Dunhill。S性訥，寡言，人淡如菊，終年不脫素面背心、恤衫、外套，復古白球鞋大巧若拙，搭配一式多份的李維牛仔褲交替湊泊著，穿穿倒也撐了三年而不改其色。

內蘊永遠比表面形象來得巨大。這是S，流行煙硝的風風火火亦彷彿識趣地自他身旁滑掠而過，不敢欺近。我想，我這一生都會記得S點菸時的姿態，以及他通體散出的皂鹼味和清淡菸香。

民俗風大行其道的窮秋時節，我尾隨S出入那些大隱於台北盆地褶襇帶間的個性小店；它們多半座落於罕為人知的單向街、斜角巷，標榜的是獨立進貨，小宗買賣。禪風，佗意，原木裝潢空間總綴以幽暖清光，設計者引經據典，說是要以簡禦繁，其實好比太極兩儀生四象，一排排橫架上羅列著血統交混的奇數感衣褲裙裾，剪裁互異，蠟染棉水洗絲堆垛出繽紛色素層，拽著我彷彿瘋魔般一路流蕩過去，有機布料掬捧起來拿捏掌間摩挲再三戀不忍釋，最後實在按捺不住，染檀紅買一件，袈裟黃買一件，煙波藍買一件；狼牙白嘛乍看死板板，但百搭不失真純，也買一件。

我的簡／減法時期走至我掏出錢包付帳的那刻宣告破功——數月清淨塵修毀於外道色相——沒辦法，自己最懂得自己：骨子裡安的畢竟是個野狐禪呀。

時序至此，A和F不再刻陷言語度人，紛紛改頭換臉、韜光沉潛以捱日。寶瓶世代層層進逼，塔羅卜算亦走到了吊人、隱者、命運之輪；所謂聖三角，五濁混世，白藏、玄英交接之際，不冀慕大展鴻猷，但求明哲保身。

而後冬天悄然臨降了。漸趨浮誇的民俗風秋後已欲振乏力，腰際綁帶、僧侶包、四方巾悉數玩遍，餘下行頭翻了幾翻皆難以為繼；那麼，便是在時尚櫥窗集體改頭換面的時刻，I終於約了那名纏絞他多時的雙魚醜怪熟女出來，「把話說清楚」。

此雙魚醜怪熟女，貌近寢，性多疑，名副其實烏肚魚腸，要命的是完全沒有任何服裝 taste。據I轉述，那日晚間七點，他們在亞都麗緻「巴黎一九三〇」用膳。他著一件米白合身蘇格蘭羊毛衣、鐵灰法蘭絨西裝褲，搭配PRADA帆布子母斜背包簡落大方。至於雙魚醜怪熟女嘛……看得出是精心打扮過的，然則耳環、髮夾、扭麻花銅鐲毫無節制地披披掛掛了一身，上衣下裳爬滿熱帶植物圖紋；花配花，「虛張生飾」，黑醋栗色內衣肩帶卻在此一樹叢繽紛間隱約外露，整個人看來狼狽非常，好比流落異邦的吉普賽巫婦。因不諳餐桌禮儀，席間幾回跌磕碰瓷掉叉敲撞出異常聲響引起隔鄰注意，眾目睽睽下使得她原本就慘澹無光的顏面益發顯得蒼白，菜還沒有出完，兩人的對話已落得失根蘭花般逐步萎靡。

自此之後，I說，雙魚醜怪熟女音書遂絕。

是誰的話呢？《玫瑰的名字》作者安伯托・艾可（Umberto Eco）：「我透過穿著來說話。」而O補述：是人穿衣，不是衣穿人。所以謹在此慎重呼籲：嘿小子，何莫學夫衣？衣可以興可以觀可以群可以怨。下次添購新裝時，除了價錢之外更務必認真想一想穿搭妙術，可以麼？

幽深十一月。蕉花紅，枇杷蕊，松柏秀，蜂蝶蟄，剪綵時行，花信風至。百貨公司週年特賣挾節慶狂歡而下，引動新一波購物置裝熱潮。

睽違多時的宮廷風於是趁勢復辟。化整為零，各類飾品配件皮包款式紛繁，縐褶與縐褶間不辭縟麗、不厭精細，紅男綠女敞開雙臂同時擁抱古典及浪漫。巴洛克華美多層次穿搭，舉手投足間雍容跌宕，就連最普羅的T恤款也儘是些死神之黑、溟淵之黑、酷異之黑，混紡布底上浮凸著燄金色料，山水鳥獸縷錯，飛泉懸瀑，東方式異教奢華；永夜水仙觀影自憐，都會時髦族出沒小劇場、書店、咖啡館，也像是低調出巡的皇親國戚，左右顧盼搖曳生姿，偶爾伸出手令人瞧見指間一枚Chrome Hearts鑲老銀爪戒，方知其血液裡是帶有貴冑氣的。

漆質彩繪，縐面抓紋，扁峭的金屬劍墜如聖十字倒懸，造型既精緻又叛逆，這是另一股抗衡勢力。彼時，英國龐克時尚教母薇薇安・魏斯伍德（Vivienne Westwood）甫在台北美術館推出系列展覽，N敬奉其旨若執圭臬，並以之力挽帝政封建狂瀾：3D土星R字鎖頭頸鍊易開罐拉環戒指雷厲風發，喬治厚底膠鞋象牙骰珠腰鍊自是不在話下。頭頂髮絲根根逆豎用噴液定型，時而如犀牛彎角時而若豪豬尖刺，當中更有一件N死都不肯透露購於何處的復古雙排鉚釘銅扣皮質短外套，穿上它配飛行墨鏡，娃娃臉N頓時掃盡油滑氣地俐落起來，舉止三分落拓七分不羈，轉過身的瞬間，背影彷彿遙向一九五三年由馬龍・白蘭度飾演的《飛車黨》主角致敬。

鴉片，玫瑰，煙燻，性手槍。天生反骨。不知不覺讓人中毒。

兩股時尚力且持續拉踞，亹亹然相頡頏，不知大限將至。莫怪，語言學家薩皮爾（Sapir）要特意批註：「『流行』一辭嘛……可能意味著認同；也可能意味著不認同。」

拉鋸戰來到時間越界點，錶面指針旋動有金鐘銀鈴有香水蠟炬氛圍，年與年即將接駁，使日落後的城市分外呈現一股蓄勢待發的歡騰張力。天心月圓自從容，兄弟幫不分黨不分派盡釋前嫌地換上華袍衣錦夜行，於年關將盡之台北街頭再現斑斕孔雀王朝；大夥由四方分頭並進、陸陸續續會合，停駐世界最高聳巴別塔大樓下，啊多像是一支輾轉流徙的，最後的貴族。

遠遠，一個似曾相似的高大影子闊步走來。誰家少年好亮眼？是H。鐺鐺躂躂一雙芥黃繫帶小牛皮帆船鞋，重磅栗色多口袋工作褲，一件棉質底雙色長T恤，兩袖至肩胛處的黑是黑曜石的黑，餘下的白是白雲母的白，乍見下素素淨淨，唯左上臂膀至胸膛披垂了好大朵刺繡吐蕊牡丹花團，緞線配色精工富贍，不規則瓣面泛著丹赤辰砂般的亮澤，葉片折透出玉髓的綠，鋪錦列繡重層跌深，手起針落疊沓得琤琤瑽瑽，撫之，厚實宛如護心盔甲——啊畢竟也是個傷過心、有故事的人了。大夥相覷片刻，秘默無聲，方見H苦澀的臉龐擠出一絲笑容，囁嚅道：「我應該也可以加入吧？」眾人爆出歡呼，旋即簇擁著踏入冷光藍晶鑽紫酒吧大聲宣告今夜不醉不歸。

修士還俗。

跨年夜，「地獄邊緣」——Edge Of Hell——地下酒吧，一群兄弟幫照膽照心、直見性情，見證彼此情誼歷久彌堅。

酒吧空間深長宛若冥窖，包廂排比包廂，廊柱交掩廊柱，進出口以降經年不見天日，然則自體曖曖內含光，因此成為識途者口耳相傳的旁門祭場、另類聖壇。平素寂寞的群眾此刻雲集其中彷若狂歡的鬼，夜夜夜麻，但見拋光石英磚、水晶玻璃與輕鋼材料共同砌築的冥域之中電路鑲嵌繁密如網，LED條燈、顆粒燈、桅杆燈，CMYK混種光魅豔四射，待午夜鐘響，吧內空間翻扭若吸光黑洞，雷射燈閃電般騰騰耀動，浪淘霓虹，四周影影幢幢不知劫毀將至，真正是：無邊地獄蕭蕭下，不盡人流滾滾來。

坐擁邊緣迷迷茫茫真如望霧中風景，酒保ㄩ字型吧檯坐鎮：先生來杯長島冰茶嗎？要螺絲起子、墨西哥日出，還是杯口抹鹽的瑪格麗特？S酷酷地搖頭，自個兒抽自個兒的菸。永遠的黃金單身漢S，蓬頭麤服落座於眾家好兄弟間真如墮塵天使，一雙清邃瞳眸投向過去和未來，或已預先將滄海桑田看遍了。

擁抱不眠夜。

「工業噪音」Techno響自八方，多軌道花腔女高音耍轉著舌尖激亢，撩亂的音流一波波洶湧，滿溢群眾耳殼；下接Breakbeat，剁肉般的碎拍叮叮叮叮叮，間以重低音鼓點紮紮實實直要捶進人心肉裡。

瘋台客瘋搖滾，電子化合塑膠音，救苦救難觀世音〈大悲咒〉融貫硬版節奏孽海普渡慈航。如是我聞：「南無喝囉怛那哆囉夜耶，南無阿唎耶，婆盧羯帝爍缽囉耶，菩提薩埵婆耶，摩訶薩埵婆耶，摩訶迦盧尼迦耶，唵，薩皤囉罰曳，數怛那怛寫，南無悉吉慄埵伊蒙阿唎耶，阿婆盧醯，盧迦帝……」高頻梵唄，我們激奮舞動肉身並以之恭誦法言，陌生人汗液潰碎四散直炸上眉睫，滿眼金星中飛出了浴火紅鳳凰、藍鳳凰、粉白鳳凰、黃鳳凰；其後接續的是Remix版《般若波羅蜜多心經》嗎：「色即是空，空即是色。色不異空，空不異色。」常恨此身非我有，但此刻衣肉相親、人機合體，一切不求天長地久，但願曾經存在過。是以，我偏要逆風浮翔，隨著自己蹬跳擺動肢體朝上界吶喊：色不是空，空不易色。

風煙染不盡，色相本無涯。

是那樣迴旋不盡的踢躂步伐啊，Epic House的流暢旋律和磅礴氣勢帶我墮回魔幻夏夜空間，20070602台大新體，以「童話」命名的畢業舞會。

會前置裝與舞會儀式本身同樣繁瑣：掐絲復古白襯衫、珍珠袖扣和彎刀型鑲鑽領針三樣是在西門町區買的，靛色西裝購自德安，內搭吸汗黑背心和紳士襪分屬公館NET及snomi，啵亮黑裡俏繫帶皮鞋則來自台中第一廣場。領帶嘛……舶來血統，義大利名牌Dolce & Gabbana，兩位設計師分別來自西西里島與威尼斯，雙身雙聲是以設計裡頭總充盈呼之欲出的鐵血野性和水晶玻璃般剔透情挑——呃離題，至於領帶嘛，寬版，細綢緞面，織金迷彩多邊形塊狀紋絡，深深淺淺綠黃棕，但是這次不打叢林野戰、不玩蠻荒求生存遊戲，卻是要處心積慮獵取旁人目光。

萬事皆備，唯欠東風。待紳士風度翩翩邀請身旁女賓：來支舞嗎？歡樂時光的沙漏便開始倒數了。

恍惚是夜與夢與魔法的結界。重層鏤空金屬版高高懸吊，旋列若散花，昇平歌舞間一一浮離出光影色相：高跟鞋晚禮服領針燕尾外套，雙人弧步滑行，傾覆了常軌世界。夏夜微笑，嘈嘈切切的人語裡頭卻別有一份細膩的孤伶感在蘊蓄、蔓延，中場休息，我排開人潮獨坐階前高台，以為青春所有的精華都將在這個借來的、過後不再的幻夜耗盡了，這個橢圓星系，這個童話的遊樂場。回頭一望，望見不遠處F正背過身抹去臉上幸福的淚水，今昔交關的甜美剎那，他胸前潤紅領巾絲緞閃亮，令人看了忍不住要脫口說出浮士德的禁語：唉這一刻真美好，請停駐……

但且慢，一切還未完成。獲知自己進入研究所口試名單時，我站在衣櫥前煩惱著，猶豫再三最後還是揀了個中規中矩的褐色系，渾穩的，拘執的，不卑亦不亢，襯衫外褲加羊毛背心，古典三一律，整個人住在服裝裡頭而臉皮神經繃得緊緊緊。面試現場亦坐了三位教授溫柔敦厚笑吟吟：啊呀你不要緊張啊你表現得很好喔你……過程總是伈伈忒忒、虛晃不落實的，也像是那次國中同學會，約在文心路四段餐廳，我一身索利學院派行頭赴會好似壯士慷慨就義。

日式櫺木屏風隔出的小包廂內隱隱流竄著沙茶蒜泥辣醬的嗆味，火鍋裡湯汁滾燙霜降牛肉翻出油花，不知是否出於心理作用呢，我總覺眼前一片煙氣氤氳；躲在反光騎士墨鏡後頭，我小心覷看這些身旁曾經熟悉的臉孔，那些舉箸的敬酒的忙於轉場炒作氣氛的，我知道，彼此的世界已在不知不覺中有了色差。

「都回不去了對不對？」起身離開時我揚起手，感覺自己竟如此孤獨地站在赤裸晴空下；來日大難，口燥唇乾，心想著有朝一日若行到水窮之處，是否還有誰，還有誰願意陪我坐看新筍破土、榆錢遮天，道不盡的梔子花開少年時呢？

（「恭喜囉，考上了。下一步計劃是什麼？」）

（「這麼久不見，你好像又瘦了。」）

（「對啊時間過得真快……呵，你聽蘇打綠的歌嗎：危言春天／破碎鞦韆／躑躅不如停止抱歉。我覺得，那意象真是美。」）

季候不斷流轉，今夕何夕，三月薔薇蔓，木筆書空，棣萼韡韡，楊入大水為萍，海棠睡，繡毬落。厚重了一冬的城市突然吹颳起加勒比海印花明豔風，街頭一片鮮綠、明黃、寶藍，視覺趨向輕盈飛昇，顏色亦是全然潑撒出去的那種嬉耍法；走在路上，好似親睹百花春鬥，稍閃避不及便給星火燎原般拂了一身還滿。同期流行的單品，還包括鄉下農婦專用四色尼龍工作提袋、六分七分九分色褲以及各類拼貼膠印漆染短版T恤。

這股勢力且一路摧枯拉朽延燒下去，延燒至千陽燦爛四月天，某個週六下午。H偕新交往的女友，邀我，三人同行前往東海有名的藝術街坊，喫點心喝咖啡。

臨行前一時三刻，我戮力翻尋那條奇怪怎麼找也找不著的改造鬼洗褲，好配搭前天自逢甲夜市購得的牛骨彎刀鍊以及水紅切・格瓦拉短T。然則，任憑我上窮碧落下黃泉，或來回逡次廁所浴室晾衣間，或悉數傾出行李囊袋內所有物件，或開箱、發櫃、探籠、倒篋，層層格屜抽拉至最底，結果仍舊一籌莫展地徒勞。枯站在凌亂的臥房中央，我輕拍雙肩撢掉沾衣的塵灰，陡然一陣失落感襲來。揮揮手扭扭脖子喘口大氣，眼前是絳唇朱袖兩寂寞。

躊躇間，沒注意到老媽子換裝完畢正騰挪福態身軀抖擻步履走過我跟前我呢不抬眼則已，抬則一驚，欸好詫異我母究竟何時（偷偷）添置當下正夯的粉彩格紋七分褲並且，在標榜「輕、薄、修、長」的市場如此輕而易舉揀出相貼合的尺寸！

「什麼『買』，十來年前的唄。這幾天整理時找出來的。怎麼樣，我還穿得下呢，呵。在找什麼啊？你說那條被你剪得爛爛的牛仔褲？拜託！脫下來擱在沙發上那麼髒了也不洗，我早上先把它拿去泡水啦！」我怔忡聽著，我母繼續碎碎叨唸：「你也該好好整理一下衣櫥了，堆成那樣亂七八糟的像什麼話。快，清出那些不要的衣服，我挑幾件送人，剩下的拿去回收。廢物利用嘛。」我於是目送母親提著菜籃，一派施施然地前往市場，心裡頭很感到惆悵，啊原來，原來我如此苦心孤詣地思謀配搭之法，自以為創出新格，沒想到翻來覆去，仍不脫十來年前的固舊，仍和原有的衣學傳統相鉤連，彷彿一切的努力都是虛空，都是捕風——傳道者書，已有的事後必再有，已行的事後必再行。啊原來，原來衣物的前世今生，竟也親子世代的交駁間，經歷了這樣一場輪迴。

是的輪迴，以及虛空的虛空。傳道者書，日光之下並無新事。

由此，半是兢業半是頹唐，我開始著手整頓身旁一包包填裝衣物的烏漆塑料袋。活結始解，如潘朵拉盒之初啟，迎面旋即撲來陣陣樟腦的寒香。

疲軟的衣物彷彿色塊般堆疊，穩妥而靜，我效法考古學家將之一一翻挖，攤展於眼前。雙色橫紋果醬橘桑椹紫滾乳白邊大件POLO衫，我想起來：這是去夏與N在寧靜海岸線，搭配墨綠反褶馬褲、藤編漁夫帽以及普普風圓點夾腳拖。我還記得我們倆沙灘奔逐，跑出無憂無慮的好長一道腳丫子印痕；厚呢毛氈帽緣黏了顆蟑螂蛋，是A從千年繁華的京都帶回的紀念禮物；小牛皮手套和黑白千鳥格紋圍巾則是前年隆冬的信義商圈，沿著頸項垂墜的圍巾流蘇有若小丑衣領，嘉年華聖誕，兩旁行道樹因繞纏了小燈泡而顯得柔光玓瓅，那真是個純潔的真夜，而我第一次不在教堂聽聆牧師祝禱望大禮彌撒；至於壓箱的POLO衫軍團……由於彼時收納不當，幾度春秋代謝後，布面已紛紛擠出縐襞褶痕，昔日漿挺的意氣不再，卻遙遙和書架上《女兒紅》那斑駁帶有古老裂紋的封面頁押暗韻。

去聖邈遠，寶變為石。

我彷彿穿越過時間的迴廊重新來到自己跟前，時而蹙頞無言時而歡喜訝歎，衣物的短長厚薄、布料的界門綱目科屬種悉數淆亂錯位，且看欲盡色經眼，而我只感到迷離恍惚：啊！那犖犖成堆的衣冠塚深處所埋藏的，是我過去所卸下的一具具色身嗎？那一蓬蓬壅塞的冰涼的樟腦香氣，是纏綿於舊日時光中的悲喜憂歡、褪也褪不去的雪泥鴻爪嗎？

三宅一生說：「衣服，只是一塊布。」但我幾乎可以從他凝肅的神情底下讀出一絲絲牽動肌群的弔詭笑意。不不！衣服決不只是一塊布。那麼，盤護於其內核、促使我發動一場場不由自主回憶的靈能，究竟、究竟是什麼呢？

然則，無論那難以落言詮的因果秘力為何，我只願有一天，曲終奏雅，當我年老髮蒼蒼視茫茫齒牙動搖、心智飄忽逐步朝曠漠荒海遠颺的時候，無論如何，希望上天再予我一次機會去感受，感受這輩子自己穿套過的所有衣物，它們的質地、線條、氣味，以及箇中駸駸流宕的季候維度；感受時間的龍骨如何被一粒粒細微的感官分子剝離，重新鬆解、化合，纈出回春記憶；故事裡的故事，就讓我衣所欲言，作一名善述的巫者；啊我但願與這些忠實載錄我人身變化的衣物締下盟約，永結無情遊，然後，在驀然回首片刻捻花一笑，發現自己業已在舊時衣裳的撫摩下，漸次恢復年輕歲月的肌理血色，兩相對鏡，也還是當年那二十啷噹青春少年樣。

第十一屆「大墩文學獎」散文組佳作

驚起卻回頭

Dear i：

入夏以來陽光一吋吋地積厚，無雨的日子，天空飽含生命的耀藍；而落雨的時節，爬滿藤蘿的窗前總是氤氳冰涼。

眼見季候逐漸朝袒畫的鐘面斜去，我的聲線不知為何竟開始凌亂，失落了原有的節奏——韻腳凝止，敘述轉而無效，你的形貌亦在日復日盛大的群樹蔭影間暗敗下去。

而那些有如啞謎般昏黑的夜晚，常常，我也只是默坐桌前冥想；架上一列列書卷散出拙香，燈燭溫亮如豆，常常，我一面想著你所在的遠方，一面想著洪水神話，以及那些未能遵守盟約、回頭張望而化為鹽柱的人。

「永遠在找尋適當的距離。人必須學會和自己相處。」

但許多時候，我只是無法面對生活裡突如其來的空白，無法面對旁人無心的擾動，你所投來的清炯目光，你胸中懷抱的過於誠實的夢想。你離開後，原本斑駁的生活更顯得裂痕處處，我就像個打翻玻璃罐、眼看五彩糖錠潑撒一地卻無從收拾起的男孩，頹喪著雙手，眉角眼角惹滿了塵埃。

是否記得那首為我朗讀的詩？Robert Frost的"The Road Not Taken"：「Two roads diverged in a wood / and I / I took the one less traveled by / And that has made all the difference……」而我從沒有機會揣測那會是怎樣的光景，揣測世界另一頭，你眼中的烏鴉如何飛掠麥田，清瑟的秋風如何捲起滿山落葉，你又如何獨自乘桴浮於海，海面波光粼粼閃動，潮水與潮水的褶帶間，皆是吐納不盡的繫念。

短暫的停泊後，前方又一處未知的大陸嗎？我總感覺自己是在燈塔裡眺望，目送你新挂的帆終於朝無邊曠海曳行，煙波浩淼處，目遠總難追企。

臨行前，你曾交予我一只秘盒，說他日若歷劫歸來，必將親自取回。而我只是笑笑，轉身將它沉入箱籠最底，當作永不兌現的承諾。我亦深知，逾期的回憶禁不起摩挲，一旦拆封，那些如花初綻的容顏便要在瞬間蒼老，蒼老得……彷彿，我們從未曾年輕過。

如今我守著島嶼守著自己，守著引航的北斗星辰，知道彼此確實有過那樣純粹的情感以及那樣的、无邪，就夠了。

這一切像是浮雲。像朝露。像深澗。像幽谷。像新降之初雪。像一個旅人，漂浪於異國的冬夜。

也像那倏逝的東風。

過後，我不再回頭。

作者的話

又或者，在這個與現實平行、不斷拓樸而出的文字幾何世界，你／妳遇見的並不是我。

你／妳遇見的，只是「我」其中一個象限。

甘炤文

女孩或是女人，從來就沒得選擇。

只是偶爾也會懷疑，

為什麼領悟，非得是接近結尾的事。

初經・人事

藍駱馬

湯舒雯

西元一九八六年生，台灣台北人。國立師大附中、國立台灣大學政治學系畢業，目前就讀國立政治大學台灣文學研究所碩士班，於德國曼海姆（University of Mannheim）大學交換學生（2010-2011）。曾獲全國學生文學獎、總統府全民徵文首獎、台北文學獎、新紀元全球華文青年文學獎等，並入選九歌年度散文選。

有女初涉事
——小論湯舒雯散文

甘炤文　撰

廁身於七年級新世代的創作行伍間，湯舒雯兼擅數種文類，並以其早慧的才情、清朗勻淨的書寫姿態，特別受到讀者矚目。

大體而言，湯舒雯的散文結構嚴謹，尤重首尾的鳴應、意象的串結，其修辭雖不務奇炫，字裡行間卻每有神來之筆，兀自流轉著一份內斂的抒情。若自題材觀之，「親情」與「成長」合該是作家現階段戮力營築的兩大母題；前者如〈童女之禱〉、〈聖誕老人來過了〉等篇章，後者以〈指甲〉、〈道是無情，還有琴〉、〈遠方〉為代表，兩大母題或又彼此激盪，體現了生命情境／書寫經驗相參互證的多面向度。

在持續無斷的創作進程中，〈初經・人事〉作為湯舒雯登臨文壇的扣門磚，彼時不僅一舉掄下大獎，其後更蒙獲編者席慕蓉賞識、輯入九歌（九十一年）年度散文選中；評者謂其「結構與技巧之圓熟老辣，直如超齡演出」（張瑞芬語），洵然不誣。該作以月事起興，述記由女孩而女人的轉折蛻化；身、心磨合的期間固然充滿失諧失落的片段，「初經人事」後的啟悟卻也成就思維的深刻性，並由是煥發舉步前行的動能。另一篇佳構〈藍駱馬〉則將書寫對象推擴至在地的新移民家庭。或許是政治系的學門背景使然，湯舒雯每每敏於觀照社會網絡、經緯世情，〈藍駱馬〉一文藉由「我」（家教）與小女孩（學生）的相處情狀，帶出兩人峰迴路轉的內在風景——對話的集錦、語義的含混、血緣歸屬的交錯，適足以類比「紀實」與「虛構」的互為表裡——而此二者，豈不又與創作的本質相通契？

或許，正如同湯所自言：寫作，無非是在巨大的生活龜殼上拓圖。作為湯舒雯的讀者，我們期待她日新又新，透過書寫濾淨現實中的淤泥與渣滓，至終開鑿出一片澄粹的金礦來。

初經．人事

母親一喚，我就極迅速地清醒了。因為太輕易地拋棄夢境，反而像從未進入。長成以後，每一個這樣的午後，似乎再怎麼也無法揮去空氣中絲絲縷縷飄散著的草藥氣味；我總覺那是意欲召喚著什麼的甦醒，像一個古老而無害的咒詛，唯有母者曉得。廚房內母親又喚。我試著移動自己蜷曲於床榻一側的身形；果然每逢經期，我的睡眠姿勢就必定會僵硬無比，壓抑著令四肢都要痠麻。於是一個咬牙猛然坐起身，我腹內似鉛塊順勢緩緩一沉，跨下就汩汩滑過一股熱流。

而我彷彿仍能聽見母親的叫喚。

那些個汗糊了的夏日午後，我是紮著兩條長辮的好動女孩。書念得不含糊，只是一顆頭顱大的躲避球玩得比誰都帶勁、踢起巴掌大的毽子也要虎虎生風。還是男孩女孩界線模糊的年紀，年幼的我單憑直覺拋下手中的紙娃娃，跳進泥巴坑裡玩得一身狼狽。那時，同齡女孩們總聚成三五人在長廊盡處的陰涼廁所內竊竊私語。低矮腐朽的門板阻絕不了繪聲繪影的是非，我幾次踞在坑上恰巧聽了個十足津津有味。之後陽光下再和她們照面倒也從沒想過看輕或嫌棄；只是不知怎麼地就開始總帶著些許小心翼翼。依然精力充沛，隨著一票男孩們四處撒野，因著一身玩鬧的本事，竟不曾被任意捨下。母親笑罵著打理我一身髒污：「像極了沒娘的孩子。」我沒敢告訴母親，上回巷口的劉大嬸也是這麼說的。

應著叫喚，我走進飯廳。

遠遠，還能嗅得一絲若有若無的甘味，接過母親手上端著的九分滿紅糖老薑湯，才端到跟前輕輕一吸氣，就嗆了鼻。「要一滴不剩。」母親轉身又隱入廚房不時乒乒乓乓。無論是平日的調經或現下的止疼，都是早已過了暗暗傾倒藥湯的年紀；不為自己的身體，而是那樣一個總忙碌著的背影。我熟練地咕嚕咕嚕灌下藥汁；就在我的領土之上，像是領著它們去打一場仗。下意識的又摳弄起臉上的痘子，腹部仍是隱隱痠疼；想起自己曾經那樣排斥這一切昭然若揭的象徵意義，如今面對著安分的自己，真不知是哪一個該先臉紅起來。

褲底，一片紅。

我坐在馬桶，每一個小學生都穿著的短運動褲被褪至足踝。是怎麼樣的一種紅色？多年後，我一直很想回到那個記憶中似乎是星期三的恍惚下午，記錄那此後即自顧自不斷在青澀女體內來回拍打漲落的潮水，究竟其最初的樣貌。會是玫瑰的紅豔嗎？那畢竟是還不懂玫瑰也不懂腥血的年紀啊。老師們帶開緊閉門窗外探頭探腦曖昧怪叫著的男生，教室一下就偌大了起來。護士阿姨拿出好多圖片道具，女孩們此起彼落一片驚呼。我轉頭望向教室最後二、三排，班上幾個較高豐腴的女孩聚成一圈，人人臉上故作無事狀，卻又攀著護士阿姨的話尾低聲交談著，不時傳出一陣哧哧竊笑。多好啊。我羨豔著調回視線。他們總有祕密可說。不知不覺原先僅二、三人的小組織漸具規模；體育課時總有人在樹蔭下蒼白著臉聊天，數學課就拿出小鏡子偷偷擠壓臉上的粉刺與痘子。我像身處一個龐大的隊伍之中，行列皆是女孩踢著正步；我不斷被推促著前進，花了好久時間才適應束縛住甫隆起胸部的內衣。早上還肆無忌憚地遊戲追逐，放學途中只覺腿間汗濕一片，回家就見了血。記得我坐在冰涼的馬桶上，兩條小腿盪啊盪的，想起班上男生習於作弄取笑女孩的嘴臉；以前總覺自己是局外人，現在一下子都浮到了眼前。母親不在家，我抽了大把大把衛生紙墊在底褲上，穿起，心裡卻漸生一份篤定。客廳裡電視聲音嘈雜，至今我依然記得那天的頭條新聞，友邦南非與我方斷交。記者說：「很遺憾……」我眼眶就莫名酸澀，像是自己也和誰斷了交情。然後就聽見母親轉動門把的聲音。

然後就聽見門把轉動的聲音。

廚房裡，母親探頭出來說，開門去，應該是妳爸爸回來了。父親提著大包小包油紙袋進門，伸手就說，妳的分，收著。省著點用。從父親手中接過小油紙袋，裡面果然是我慣用的品牌。我的生理用品從來就用得兇，母親告誡多次換得快不代表乾淨得多，我卻積習難改，覺得至少心裡乾淨安心得多。於是記憶中自有需要以來，每逢周期父親便不需提醒地會進入明亮的超商，也許像一匹識途老馬，駐足於滿架的女性用品前，無視身後婦女來來去去。我從未懷疑父親該是如何神情嚴峻地一一選購、採買妻小的生理用品，那畢竟是他習慣的方式；用體諒去對待變異，用沉默去掩藏溫情。母親後來曾笑說我初時經期不準，使喚著父親補給生理用品的姿態那樣理所當然：「……像要買的東西不是衛生棉似的。」母親不斷強調我當時的心無芥蒂，注視著我的眼底仍隱約透著驚奇。

然而，也許是真有芥蒂的。母親。

午後，體育課。操場上同學們的喧鬧聲忽近忽遠；空蕩蕩的幽暗教室內，我趴在冰涼的課桌上託病假寐。下腹部陡地又一陣痙攣，我難掩驚怒，恍惚中竟聽見身後母親與老師正談論起我的生理。母親說欸欸真不好意思給老師添了不少麻煩這孩子才來不久不太習慣，老師就說應該的應該的快別客氣還請放心女孩子嘛我一定會幫您多留意。腹部悶痛更劇，我趴坐著直不起身，掌心掩覆住臉頰熱燙一片，只覺羞憤欲死，幾乎要恨起來。怎麼也難以相信母親這麼輕易就毀棄了我的祕密。幾個月以來，我一直是那樣苦心經營；身邊的女孩們一個個懂事了，朋友們閒聊間也會談起各自的身體狀況，我卻總故作無知；每每小心將衛生用品一包包塞進書包夾層，在取出時還要四顧無人。一方面暗暗苦惱著胸前漸趨明顯的小丘，一方面如履薄冰，防堵著一絲一毫可能洩漏的經血腥甜味。我試圖說服所有人，包括自己；想著如果一直只是個女孩，或許就可以不必負擔。現在回想起來，我的確執意避諱好長一段時間；面對體內那沉默而堅定更迭推移著的神秘力量，日復一日，我竟只想著要背離。那天傍晚回家，書包還沒卸下，就等不及對母親恨聲傾倒出我醞釀了一整天的羞恥憤怒。印象中母親真一臉茫然，怕是自始至終不了解我的怒氣所由何來；我想大概，就像現在我，若要面對當時盛怒的自己，也會有的相同反應啊。

而每一次，我卻都不知該怎麼反應。

母親收走桌上的空碗，紅糖薑湯仍辣著我的喉間，就聽見她一貫的切切叮囑：「……別再吃冰。妳啊，要多愛自己一些。」我點點頭，依舊沉默。漸漸年長，每每經期不順又排拒中藥的苦澀，考前熬夜就讓父母指責爬滿額前的痘子。他們這麼嘆息著，妳為什麼不能多愛自己一些。而我的回應始終笨拙。記得一個夢，在某個溽熱的夏日。夢中的自己甫從另一個夢中醒來，腿間溼淋淋，於是那個夢中的自己平靜地接受了自己的夢遺。然後是這個我突然從夢中警醒過來，也感覺腿間一片濕淋淋，短暫的恍神過後卻倏然大驚失色，急急忙忙下床剝了床單，就手忙腳亂地連連低咒著奔進浴室。早該想到的，是月經啊。卻不知怎地之後每當我想起這事，都會有一股很荒謬的笑意梗在喉頭，直要嗆出淚來。

女孩或是女人，從來就沒得選擇。

只是偶爾也會懷疑，為什麼領悟，非得是接近結尾的事。國小畢業後進入的是女校，才知道一直以來感覺受苦的，也不只自己一人。看見女孩們會彼此交換著調養身體的祕方，也才了解身為女孩，自己總得先疼惜自己。老師說，你們是身體一生的病人，也要是身體一生的主人。我們於是明白自己好脆弱，也好強壯。我們背負著使命，使我們青春正盛的同時，也就要學習成熟。我們不得不受折磨，因為我們的身體終會是一座殿堂，總有一天將任宇宙成型運轉其中，用血肉呵護著血肉；多幸運我是女人，多偉大我是女人。那天轉著電視，看見廣告裡，女孩們踢踢踏踏的跳著輕快的舞步。身體聽你的，世界也會聽你的；身體聽你的，世界也會聽你的。我心底跟著默念默念，突然就福至心靈熱淚盈眶，幾乎要跟著手舞足蹈起來。

而我，也將永遠不忘那個恍惚的午後，我乍由女孩而女人，母親在門外轉動門把的聲音。她推門進屋時，我難免無助彆扭而羞澀。我壓緊下腹部，囁嚅道，媽媽，我想我、我的那個來了。只見母親微微一愣，哈哈笑開了就說，女兒，真巧啊，媽媽我，今天也來。

選入《九十一年度散文選》（九歌，二〇〇三年）

本文獲「第二十屆全國學生文學獎」高中散文組第一名（二〇〇二年）

藍騶馬

這是真的。

傍晚。我手裡抓著小紙片，上面從家教社那裡抄來地址。第一次去，離學校不遠，過沒兩條街，一下子就找到了巷口。

巷口一家便利商店，燈火通明的。自動門歡迎光臨謝謝光臨叮咚叮咚地開闔，襯得巷子裡一片靜黑，深不可測。一隻野貓竄出來不見。像夜裡的的腸子，靜的，冷不防蠕動一下。

招牌上，××人力資源公司。我想起朋友說，很黑的，這種。難怪時薪給得你這麼高。推開招牌下的公寓鐵門，一支燈管斜斜地吊在半空中轉，蟲子追著它雌雌作響，青青地閃爍著亮。蜘蛛絲在牆角飄啊飄的。電梯壞了，我爬上樓按了門鈴。

門鈴一響，鏽蝕紅色鐵門的後方，隨即由遠而近爆出陣陣亢奮的犬吠；像是電視遙控器按開螢幕瞬間，聲浪與畫面爭先恐後洶湧而出那樣。有人趿著拖鞋，啪搭啪搭在屋內走動；喝叱著狂吠不止的犬隻，邊拉開門鎖。只開了一條縫，三條馬爾濟斯犬擠出來，繞著我打圈。我跟著走進，這麼小的門卻是這麼大的客廳。三隻狗兒興奮地跑跳著舔我的腳後跟，嗅我的褲管。一隻被撈起來：「不行，沒禮貌。」小女生又撈起一隻：「髒啊。」

那是我的第一份家教工作。

大學的第二年，換了一家學校念。從指南山腳下轉到公館鬧區，系館卻在善導寺附近。開學以後每日通車來回兩個校區，偶爾中途下車鑽入書店二輪戲院或只是走走，都只有一個人。舊的同學已經舊了，新的朋友又太新了。我把自己打包好寄到新住址了，卻一直忘了拆開。一個人當然也是好的，只是畢竟不太習慣；一個人的時候笑，或是哭，都假假的。一個人的時候即使心裡有話，也是面無表情的。我像是跟周遭的人都沒有關聯那樣的生活著，體內積累著排解不出的想法和話語，往深處腐蝕浸潤成一片沼澤，而沼氣是有毒的。長長的自閉著的時光，終於迫切地想要找個人說話。

我在網路上發了履歷，在教學經驗那欄灌了點水。很快地，家教仲介社就給了回音。小女生，剛上國一，讀的是學費昂貴的明星國中。活潑話多，程度差，在校成績不佳。希望是嚴厲一點的女老師，督促她完成作業，解答課業問題。家教仲介業者說這個 case 換了好幾個人，都做不久。妳接嗎？還是再看看？我說我接。她說：「太好了，那麼我給妳地址。」

第一次上課前，我與對方家長見面。小女生的姑姑和祖母坐在我對面的沙發上，說小女生是很聰明的，雖然考試總是全班最後一名。她不喜歡唸書，不喜歡寫作業，不喜歡上學。小女生愛說謊，「而且說得跟真的一樣。」長輩帶點得意地說。

「……老師，妳就對她兇一點。我們也不指望什麼，就是讓她乖乖做完每天的功課，不要再給學校老師寫得聯絡簿紅紅綠綠就好啦！」

兩人比手畫腳地說著話時，手指上紅紅綠綠的寶石，就在空中自顧自地飛舞起來。

我見到小女生。小女生的眼睛黑黑深深的，右眼窩下方有一顆小小的痣。她的頭髮少少的貼在臉上，嘴巴抿得薄薄的。手腳瘦瘦長長，身體卻扁扁小小的。微微駝著背。像一隻猿。小女生的身體有時候臭臭的。手上總是有一些小傷口，她自己弄的。「好玩。」蚊子叮，她抓破皮流血，快要結痂的時候，她再把痂摳弄起來。有時候也自己拿美工刀割。一條一條淺淺的在手腕。「妳看，手鍊。」我說：「不如我買一條真的給妳。」她說：「妳瘋了嗎？」不可思議地看著我。

小女生不知道二十六個英文字母的順序，但是日常裡會用英文怪腔怪調地跟菲傭說些頤指氣使的話。小女生說她自己，「聰明，只是功課不好。」。小女生九九乘法只會二和五的倍數，認得的國字很少。她後來崇拜我，因為她不會的國字我統統會。有一天我發現小女生不會看時鐘。長針與短針疊在一起的時候，她就高聲喚菲傭莉莎。「莉莎，拿我的電子錶過來。」

第一次上課的時候，小女生就教我規矩：「要寫作業可以，我有解答，我用抄的。」我說不行。她說：「錢當然照樣付妳。」我還是說不行。她說：「妳知不知道我可以把妳趕出去。上一個家教就是太囉唆了。」我說：「那真沒辦法，妳趕走我吧，但是在那之前妳還是得自己寫作業。」她瞪著我，重重地把書包摔在桌上。

「妳是我的誰！」

然而，解一題因式分解要一個小時的孩子，的確是不可能應付得了台灣教育下國一階段（九年一貫教育稱為七年級）的學習與作業份量的。況且，比起實際的學習效果，小女生的長輩們似乎更在意學校老師今天是不是又留了「未完成作業」的紅字。小女生的爸爸常國外出差，媽媽不在了，家裡有三位菲傭操持家務。看聯絡簿的不是奶奶就是姑姑。小女生面對她們時表現得溫順，一轉身進房就用髒話罵，她咒祖母死。常常撒謊說聯絡簿被同學偷走了，小女生的聯絡簿很薄。因為有時候懶得寫作業，又不想看見紅字，她就撕它。

後來也不知誰先起頭的，我們之間開始進行一項交易。我用一個又一個的故事，來換她自己親手完成作業。她每寫完一頁生詞，翻譯完一句英文，解完一題因式分解，我就跟她說一個故事——可能是歷史，可能是新聞，可能是我才看完就氣喘吁吁趕來上課的一部電影，可能是我坐著捷運過來的路上剛讀完的一篇小說；有時候是我的一個幻想，一段我正在創作的情節。小女孩總是一直問後來呢，我說後來沒有了；她就急急地翻頁，往下再寫一大題。

我陪小女生寫作業，小女生陪我說話。

小女生也很愛說話。有時候說很容易被拆穿的假話，有時候說顛三倒四的真話。校花選美第一名是假的，老師抓她考試作弊，罵她垃圾是真的。爸爸曾經揍過家教老師是假的，十歲時媽媽捲款跑回菲律賓是真的。所以台菲混血兒也是真的。說還記得媽媽的模樣是假的，她長得很像她的媽媽，我看過照片，是真的。有一次小女生拿一張紙噴上香水，說要寫信給小凱。小凱是她已經移民加拿大的小男朋友。她認真地打著草稿，虛心請教她不會寫的國字，完成後再無比虔誠、一字一句地謄上信紙。她說：「我絕對不會花心的。希望小凱看到信之後，可以不那麼寂寞了。」然而過了兩個禮拜，她寫信的對象換成「全校最帥的學長」。她這麼快就忘記小凱了。但是不能怪她，因為從頭到尾就沒有小凱這個人。

小女生對菲傭很壞，她學姑姑，對莉莎、貝蒂和露絲兇。每次她兇，我就覺得難堪。我對莉莎說 sorry。莉莎很困惑。「For what?」貝蒂總是不說話，她靜靜進來，趕走溜進房間的馬爾濟斯，再靜靜出去。露絲在菲律賓念的是教育，露絲很能幹，她很會清理狗大便。小女生說菲傭黑黑的，髒。讓她罵完，她轉頭再說她媽媽也黑，但是又白一點。

小女生偶爾跟我說她媽媽的事。爸爸恨媽媽。她說：「可是我愛媽媽。雖然媽媽不愛我，媽媽走了。」說兩句，又不說了。

小女生對我越來越依賴。不上課的時間、假日時候，她打電話給我，說：「妳今天來好不好，我叫姑姑付妳錢。」

小女生喜歡做心理測驗，我只好為她編幾個。選蘋果表示妳很聰明，但是沒有耐心。選紫色表示妳跑步很快。選太陽表示不應該再說髒話。選玫瑰花，去學習體貼身邊的人。選彩虹是在警告妳不適合穿耳洞；「真的耶，又發炎了。」選鱷魚表示你想交朋友。……準喔？想要很多、很多的朋友喔？那麼，就不能再說謊。

那時距離我們第一次見面，已經過了大半年。一段日子裡，幾個老同學重又聯絡上，新的朋友也互相地熱絡起來。河流蜿蜒著在心裡流動，我說一些話，也聽別人說話。生活中只是多了來來去去的話語之後，竟然就漸漸地變得擁擠，忙碌了起來。

一天上課，小女生心不在焉。不寫作業，在紙上塗鴉。過一會兒一張紙推過來，歪七扭八地寫了三個拼音字：

ㄌㄢˊ——ㄌㄨㄛˋ——ㄇㄚˇ

她問我這是什麼。我推敲了一下。藍駱馬？

我憑著印象，說我知道的「駱馬」。駱馬長得有點像駱駝，也有點像馬，大概是由這兩種動物雜交所生出的後代吧。我說，可是沒有藍色的喔。駱馬是棕色的。

小女生似懂非懂地聽，點點頭，又快快地搖頭。不是的，她急急地、艱難地重複寫著：ㄌㄢˊ——ㄌㄨㄛˋ——ㄇㄚˇ。

那是她媽媽的名字。

她只記得爸爸這麼叫媽媽，ㄌㄢˊ——ㄌㄨㄛˋ——ㄇㄚˇ。她不知道國字是怎麼樣的，我當然也不知道。她不敢問爸爸。我也最好不要問。但是她在紙片上一遍一遍地寫著ㄌㄢˊ——ㄌㄨㄛˋ——ㄇㄚˇ。寫完就鎖進抽屜，裡面塞得滿滿的紙團。「……老師，妳覺得，到我國中畢業的時候，認得的字會不會多一些？我會不會找到那三個字？」

該怎麼告訴她，重點不是擁有的字彙多少，是「認得」的能力。我可以幫著她把正確答案填進作業簿裡的所有空格，然而她幼小生命的終極處有一塊空缺，就算灌進所有與她學齡相當的知識，也填不滿。

小女生站在門口送我。她說：「老師，我知道了，駱馬就是我。我就是一隻小駱馬。」說完，就縮進門裡，上鎖。

最後一次上課那天，小女生裝了一整袋的禮物要我帶走。我說：「不不，妳自己留著用，乖。」小女生倒出墊板、卡通印章、鑰匙圈、中國結，還有一把一把的書卡和貼紙。她說：「妳至少拿走這個，一條紅色的幸運帶。」醜醜的，她親手編的。可是我說好漂亮，真心的。她說：「妳要走了。」我說：「是啊，我要出國唸書了。」她說：「妳騙人，騙人會沒有朋友的。」最後她還是哭了。

在那之後，除了她以外，我沒有因為這個謊言失去其他的朋友。但是後來我一直很想、很想再見她一面。想問問她找到她的藍駱馬沒有？想跟她說，後來老師知道錯了。駱馬雖然看起來像是駱駝和馬生出來的孩子，但實際上不是的。駱馬就是駱馬的孩子啊。這是真的。

二〇〇九年五月號《明道文藝》三九八期

作者的話

可能寫作一點我的名。我就急急地跑去了。到現在，還沒有回來。

父親與母親，輪流捧著年幼的我的稿子認真讀著的時刻，我一生都會記得。

祖父母過世的時候，訃文上他們的一生，父親說，妳來寫。妳能寫。所有人應該跪在那裡的時刻，我站起來，去寫。不及明白的生，不甚明白的死……距今總是這樣，我一一用寫去明白。

長長的寫作時光中，我始終記得那悲傷的一刻。我發現寫作點我的名，讓我不和所有人、也不和自己真正在一起。為什麼我還不回來？

可能活到現在，悲傷的事情還很多；可是快樂的事情，都與寫作有關。

人們輪流捧著年輕的我的稿子認真讀著的時刻，我一生都會記得。

只要寫作還點我的名，我就會急急地跑去。

其實賭和選擇原來不過在一線之隔，
無可選擇的選擇，就成了賭。

我兄
尋訪偕醫師

蔡文騫

西元一九八七年生，高雄中學、台灣大學醫學系畢業，現為憲兵醫官服役中。

散文曾獲林榮三文學獎、時報文學獎書簡組優勝、台北文學獎、林語堂文學獎、懷恩文學獎、台大文學獎等。

煮字為藥，散珠成文
——小論蔡文騫散文

甘炤文　撰

出身「阿盛寫作私淑班」、自言擁有十年（以上）寫作經歷的蔡文騫，年紀雖座落於七年級世代的後段，卻早已是各大文學獎競賽中的常勝軍；面對多元紛繁的文學獎機制，蔡屢屢能按圖索驥，卻又自出機杼、積極鍛鍊書寫的技藝，其筆力之穩健，堪為年輕寫作者中之佼佼。

詩、文方面皆頗有斬獲的蔡文騫，其散文既充滿對生命細節的觀照，也不乏人情事理的映繪；作家如此悉心摩挲每一粒方塊字，致使行文修辭別具有詩的質地與亮澤。在段落與段落的接駁間，蔡慣以三兩精邃的語句構連文脈，不僅由是提振了敘述，也跌宕出種種斑斕詼詭的意象流彩，證諸〈黑雨〉、〈時光進站〉、〈午后的病房課〉等作，尤其可見蔡文騫獨運之匠心。

與同樣畢業自醫學系的黃信恩相若，醫病關係（及周邊）亦是其書寫題材的大宗。在散文〈我兄〉裡，敘述者追昔撫今，藉由「我兄」的生命轉折，喻示成長航道中險灘與暗礁之必然；慨歎運命無常之餘，蔡同時化用醫療事典，將身體病灶、流離世相和三世一心的家族男性關係進行綰結，自蘊蓄了滂沛的情感能量，讀來令人動容。另一篇〈尋訪偕醫師〉則回復溫澹筆觸，短小的篇幅敘寫一次次遊歷淡水的心路迴環——從年輕到成熟，箇中的意態或昂揚或沉澱，馬偕醫師的智慧形象更和自身的惶惑產生對比、呼應，並在如歌行板的風景中開啟療癒的契機。

而另一方面，倘若如蔡文騫所言：「生命最需要的不過是一些希望與安詳」，那麼，作家持續地以文火細工煮字為藥，為瘡痍滿目的現實敷創，不啻已將此番美好的屬世願景，化為最深刻的生命實踐了。

我兄

0

十八重溪老厝。

在冗長的沉默以後，電話斷訊的連串尖銳響聲之前，父親一如往昔，懦懦丟下一句話後便落荒而逃，讓我獨自以不解和憤怒填補想像所有我被遺棄、排擠在外的時間和場景。

那是一個稀疏的聚落，一條命名奇特的小路，也是景美溪系的眾多支流之一，據說在拓墾之始，由山的彼端跋涉至此，必須翻越過十八道重重的崇峰峻谷，於是流傳下來的舊地名。

那是我離開的地方，我們岔開的路口。
是趕回去看你的地址；亦是索引，用以指示辨識那連綿相疊而彼此遮蔽、分岔開散又交互匯流的記憶。

1

阿兄。
聽說回家之後，你就不曾再自深度的肝昏迷中醒來。不諳中文的嫂焦急地想向我說明你的病況。
你全身似乎由裡而外地泛黃，以雙眼尤甚，像是嵌著兩枚窗外那正要沒入夜色的落日，放大得駭人的瞳孔企圖攫取屋內所有的光線卻依然闃黑，望去幽深空洞，一如廢棄的煤礦坑道口。

印象之中，我們都最討厭像這樣的黃昏，因為此刻父親會回家，留下終日未換髒污酸臭的衣褲、掃蕩一空的飯桌，還有和母親大打出手後凌亂的屋子，然後再度消失。

那些時刻，你會帶我躲到山坡的背側，父親的目光和吼聲看似兇猛但翻越不過小小的山頭，我們總是記得攜帶飲水和手電筒假裝要去進行一場探險（其實真正的用途是在暗暝天色中尋找小徑回家），卻從不曾真正進入礦坑，那些已被掘盡掏空的洞，吞噬了所有我們扔下的石頭、聲音，也像是反噬，以裂開的漆黑大口將小鎮的活力、父親的志氣都吃得一乾二淨。

你認得我嗎。

其實我也不敢肯定我認得你。

握你的手，四肢那樣冰冷羸瘦，脈搏久久一跳若有若無，卻是你仍然確實活著的唯一訊息。

你全身浮腫得厲害，我放手之後，發現竟在你的腕關節處留下五個蒼白的、深深的指印。我想起那些曾經落在你身上的，鮮紅色的、紫黑色的手印，還有條狀的、帶狀的，不斷滲出一道道鮮紅的小血珠的，各式各樣的傷。

沒關係，不痛。如果可以說話，一如往昔你必定如此回答我。我搖了搖床頭一小罐嗎啡藥片，摺得仔細的藥單詳細載明按三餐吃，嫂說你早已吃不下任何東西，除了一把又一把藥丸。

低頭瞥見你的肚子鼓脹如球，據醫師說裡頭都是滲漏的水，努力裝作以開玩笑的語氣向嫂說：「還好不是氣球，不然待會天黑山風一颳起，妳豈不要被吹走了。」

可惜不是氣球，不能帶你去進行一場我們一向嚮往的飛行，離開這裡，擺落所有的痛苦，過去和現在。

反而沉甸甸地將你壓在床板上，動彈不得。

2

石碇，一說因石碇溪中多巨石，住民出入常須跨越溪中大石，如跨戶碇。

傍晚時刻山區氣溫下降，空氣中的濕度以緩慢的速度爬升著，受潮的氣味開始在老屋裡流動蔓延，時間的河流忽然將我圍繞包圍。

我以為歲月裡的波浪都已逐漸和緩終歸平靜，原來處處潛伏暗流、漩渦，一不注意就被困在那些回憶的斷裂、空白或被掏空之地。

是父親發怒時，你沿屋後裸露石面的山壁與盤錯交纏的老樹根攀爬，一溜煙就翻上山坡，然後對我露出勝利的笑。

（可是我怎麼想不起來你如何下來的呢）

是你半威脅半誘騙地拉著我去尋寶，自告奮勇要打頭陣，閃身鑽入石頭屋敗朽的木門中，在裡面大聲喊我跟上，那因回音疊合而忽近忽遠、似淺似深，自洞穴深處迴響而來的神祕聲音。

（慢一點，我喊你，我喊時間的放映師）

是在幽暗的不見天街上賽跑，你較快較大的腳步很快將我拋在後頭，當我終於來到開口處，街口刺眼的方型陽光中卻仍然沒有你的身影——突然我發現，原來那比純粹的黑暗更恐怖。

（像是不斷重現的噩夢場景，這些故事片段總是以你的消失作結）

是母親與我離開那天，你始終別過頭去。

（你沒有哭，還是其實你有哭但我刻意刪除了這段畫面）

我小心翼翼地挪步查探，在散落的事件與事件，鏡頭和鏡頭間跳躍、跨渡，像個孩子般提心吊膽地一步步試探，摸石過河，那時間之河。

二說過去溪流深且急，小船可以溯溪而上，但停泊時必須繫石以碇泊，故名石碇。

有陣子我們小學裡同學最熱衷的活動在河上比賽放紙船，看誰的船駛得快、航得遠，包括紙材、摺法以及放流的技術都是講究的重點所在，尤其後者，往往是我獲勝的訣竅所在。

大多數的紙船離手以後皆在視線可及的範圍內壯烈成仁，或者很快地擱淺在碎石礫堆中，或被小小的波濤、側浪所翻覆，又或者在紙張浸水後逐漸變形解體、不成船樣，也自然就結束了它短暫的出航。

而那些就此消失、成功揚長而去的紙船呢。

不知道是怎麼在孩子間流傳起的，可以向那些順流而去的船許願，多年後我甚至在電視報導上看見，鄉公所為推廣觀光舉辦千人流放紙船祈福活動的盛況。

我們相信，能到達那些我們到不了的地方的，必有其不可思議的力量。

那時每日我想像、演練各種逃走的可能，試圖遠離老屋裡那破敗腐舊的氣味，和山中天氣一樣陰晴不定的父親，並且最終成功了。我確實在遠方的海港城市找到了前所未見的平緩、開闊的道路，每次聽到你的消息，一直懷有罪惡感也有偷偷暗自慶幸。

此刻坐在老屋裡你的身側，卻似是迴游的魚，聞到見到最初的，種種熟悉的氣息、痕跡。思緒為某種不明的記憶迴路召喚指引，在歲月不斷分歧、頹圮的迷宮裡找尋，是否有返抵起點、重啟生命旅程的可能。

在湍急的時光中我逆流溯源，期待能有一處下錨、安身之處。

3

故事是怎麼開始失控的。

必定有某個環節開始鬆脫，於是所有的事物都搖晃了起來，逐漸和想像偏離、脫序，終至通盤皆墨不可收拾。

或者父親從來沒想過，此地自祖父年代，甚至更早便發展的煤礦事業，會衰落的如此之快，快到他從黑灰色的家族史中學習到的那些，他曾經擔憂戒懼的礦災、肺病都沒有機會襲擊他，他仍值壯年，他的骨骼關節還沒有在長年的勞動中磨損、佝僂變形。

我不知道他是否也發現，避開這些看似煤礦工註定命運的他可能一點都不幸運，地底的礦脈日益枯竭，他生命中某些深埋的基底的部分似乎也被漸次掘盡，留下一個個難以填補的瘡痍空洞。

在驚慌失措中，他試圖一賭，再賭，終至輸無可輸，於是只能逃避、消失。

母親其實也是個賭徒，不過她勇敢果斷得多，她徹底放棄了父親那場頹勢畢現毫無勝算的牌局，決定自己走上人生的賭桌，而她最初唯一的籌碼其實只有她的決心而已。母親在南方港都的新小攤生意因地點不錯，隨都市的繁榮蒸蒸日上，我的學業亦十分順利，許多人說她賭贏了，但從她凝滯的表情與沉默裡，我知道她從來沒有真正贏，她只是看似沒有輸而已。

其實賭和選擇原來不過在一線之隔，無可選擇的選擇，就成了賭。

我嘗試以此理解你那些看似賭氣的選擇。

聽說從那之後你開始變得暴躁易怒，和老師同學的關係日趨惡劣，原本就喜愛各式冒險活動遠勝於念書的你，中學勉強畢業後也未再選擇升學。

幾次難得的碰面裡我亦曾天真地問過你有什麼計畫，你豪爽而有自信地笑說，你仍然記得我們的飛行夢想。從小看卡通，我們就對天際翱翔的畫面特別嚮往，也在角色扮演遊戲裡幻想自己是小飛俠、原子小金剛，或是頭上裝了竹蜻蜓的小叮噹，期待總有一天會擺脫重力的束縛，飛越山嶺、溪谷，去充滿可能性的遠方。

但我們不會是永遠長不大的彼得潘。

你過去鷹眼般炯炯而桀傲不遜的眼神出現了疲憊的暗紅血絲密布，當聽見類似問題時立刻警戒起全身的武裝，不耐煩地簡短回應——不知道、再說吧，加上那些你身上有意遮掩若隱若現的傷痕，你看上去極似一隻鬥敗、喪氣的公雞，當然無法飛行。

雖然你不願意提起，我仍然得知你也曾試圖離開，退伍後你和同袍到大城市去學做買賣、當機車行學徒，但或者時運不濟，或者老闆欺騙狡詐，你沿台北的邊緣地帶，大河的兩岸努力繞了一圈，卻始終像艘載浮載沉的破紙船。

回到小山城後據說你鎮日酗酒了好一陣子，長輩們本是半強迫地草草完成你的婚事，但組成家庭後你卻確實似乎再次力圖振作，日夜辛勤工作再搭上觀光休閒熱潮，這次經營烤香腸攤算是頗為成功。

最後一次見到你是在機場為你送行，你說存了一筆小錢，要和嫂一起回東南亞探親並且觀察市場有無投資的可能，第一次搭飛機的你顯然十分緊張，但我看見你眉宇間如鷹顧盼的神情，意圖就要展翅上騰。

可惜異國事業正方起步時，在生命轉彎處你的人生情節竟再度失控，潛伏已久的慢性肝疾忽然猛爆發作。

好不容易一切看似逐漸穩固、順利進展的的故事，又開始隨你上上下下的病情脫落、擺盪墜落。

4

確定了嫂有我的聯絡方式，我仍得趕回島嶼南方準備明日的課業。父親依然消失，或者是故意避而不見。

我要先返去了。

我注意到空氣裡飄浮著一股既甜且腥的氣味，像是山坡上大片爛熟的花，又似溪裡撈起的小魚蝦被遺忘在魚網中悄悄腐壞。

後來我了解那是末期肝病病人因氮血症而特有的味道。

但我仍然願意相信，在安靜的沉睡裡，你代謝、呼吸，吐納一生的回憶。

車子開動前最後一瞥，我努力想多記住一些什麼，與你或與我們相關的。

廢棄的運煤便道在河面上被截斷，手推車與運煤工人鑄像於橋斷處臨危而立，只要再前進一些些便將墜落溪床，細看那銅像的顏色竟與你因嚴重黃疸而褐黃黯沉的膚色無異。

沿著山腰剛點上一排明亮刺眼的路燈，號稱東南亞最高的高速公路橋墩從山谷間矗立昇起，一盞又一盞車燈飛速奔馳向前，然後又沒入下一座山頭之中，它們總是經過，從不停留亦無法停留。

這樣的畫面是不是恰似某種隱喻。

再見我兄。

二〇一〇年一月十一日《自由時報》副刊
本文獲「第五屆林榮三文學獎」散文組佳作

尋訪偕醫師

安靜隱身在巨大的聖誕樹後方，任憑人煙車流穿梭身旁，獨自凝視遠方的馬偕像，標記了小小的馬偕街的起點。

從對面中正路這頭拍照取景，這樣的構圖中似乎恰巧透露了某些時間遞變的脈絡，歲月片段交互疊合的隱喻，馬偕博士的黑色銅像、鮮豔搶眼的店家招牌、殘餘一小段的馬偕街窄小開口、大排沿山坡新建起的樓房，在同一張照片中，各自安處於自己的位置。

水潮、人潮，時光之潮。

就在馬偕像的周圍，各式潮水交匯、翻騰，然後又各自離散，共同沖刷出此地在時光中被刻銘的細微紋路，等待被輕輕撫摸並且辨識。

年少時，往往假日一大群小毛頭呼朋引伴來淡水遊玩，一路的嘻嘻鬧鬧，沿老街和河岸繞上好幾圈，確定沒有遺漏任何好吃好玩的，然後搭乘始終擁擠嘈雜，熱鬧鼎沸地似乎車廂就要爆炸的捷運離開，興奮匆忙裡，從來不曾注意到在鬧街之側，還靜靜躺著一條窄巷，以馬偕為名。

更不曾發現，座落其中的偕醫館。

馬偕在此創設台灣第一家西醫院，或者是許多歷史上的因緣際會，但我一直相信，淡水本身也許就有某種魔幻的特質，治癒的能力。

昔日的人跋涉來此尋求西洋醫藥、手術的幫助，那今日呢，那麼多的人來到此地，尋找的或者是一種暫時的逃離，期待水岸的金色波光、老街的懷舊風情能夠治療他們長年在城市裡奔走碰撞出的大小傷口。

青春時來訪淡水，隨洶湧的人群從捷運站的票口一哄而散，走向河堤，或許想像自己透過這樣遁逃的、隱約帶有儀式性的過程，也從家庭、升學等各式壓力中獲得全然釋放，可以肆無忌憚的玩鬧。

而後這些年，我仍然以各種不同的理由陸續來到淡水，大多仍是為了尋找種種困惑的出口，希祈大河真能將一切搬運、稀釋、沉澱，然後消失在海的彼端。不同的是，從少年走向成年，尋訪的淡水，也從繁華熱鬧的大路逐漸走進那些寧靜美好的小巷。

那次又是帶著怎樣的傷，自城市敗逃而來，我已經不記得了，只是快步走著，想要甩開一路嘈雜的人群，我穿過中正路上房舍擁擠的陰影，忽然一條紅磚色調的小街出現在眼前，先是發愣，這裡不是淡水鬧區嗎？然後看見白牆藍門的小小偕醫館就座落在右側，建築不華麗亦不宏偉，但古老的屋牆內發散出一種熟悉的、安心的光澤。

淡淡的咖啡香讓我安定下來，走過馬偕醫師簡陋卻堅持整潔的手術房，想像那些藥瓶與器械如何讓焦躁痛苦的病人平靜，又有誰在那張舊病床上酣然睡著了呢。再往內走，曾經優美唱歌的風琴，黑暗中被點亮的燭台吊燈、還有壁爐，此刻全靜默地看著我，又像我是它們等待已久的客人。

我忽然理解，偕醫師的力量並不全然來自神奇的醫藥技術，有時候，生命最需要的不過是一些希望與安詳。

夕陽越來越斜，漸次轉為更加溫柔的淡黃色調，從河的對岸迤邐至偕醫館的白色牆面，樹葉搖晃的影子交疊在陽光中，光影又片片疊落地面。懶懶坐著近乎寐去，好像感覺到一雙厚實溫暖的手自窗門伸入，輕輕擁抱撫摸，無聲問候，然後緩步走入屋內更深更暗處。

走出馬偕街，回頭我又看見馬偕像，他黑色深邃的眼神似乎仍然穿透一切。並且治癒一切。

本文獲「第五屆北縣文學獎」小品文優選

作者的話

十六，「還是忘記了／當初那些非說不可的話」
十七，「也許我們是樂於被反芻的」
十八，「水與泥／意象不論乾淨和骯髒／一併轟轟隆隆的過去」
十九，「讓時間停止的唯一方法／先毀滅它／不然就是它毀滅我們」
二十，「但如果沒有遺忘其實你何必對抗」
二十一，「在黑暗中，一言不發地長大」
二十二，「願我們的時光都復活」
二十三，「 」

任何計時、倒數從來都不曾威脅或撼動時間本身，但那是我們能做的最大的對抗之一了，身為七年級，也許只是剛好而已，但我們能寫下去，就很好。

蔡文騫

導讀者簡歷

何敬堯

西元一九八五年生，台中人。惠文高中、台灣大學外文系畢業，現就讀清華大學台灣文學研究所，曾獲得全國學生文學獎、竹韻青揚文學獎、台大文學獎、台北縣文學獎、全球華文青年文學獎等獎項。

陳正維

西元一九八五年生，台中人。台中女中編輯社，台灣大學法律系法學組，二〇〇六至二〇〇七年瑞典斯德哥爾摩大學交換學生。目前就讀清華大學台灣文學所碩士班三年級。曾任《九降風中的勞工》（唐山出版社，二〇〇九）執行編輯。曾獲清大月涵文學獎散文組佳作。

趙弘毅

西元一九八八年冬天生於桃園。武陵高中畢業，台大中文系就讀中，兼職補教老師。寫小說，也寫詩和散文，曾獲台大文學獎新詩獎，台積電青年學生文學獎小說首獎。多數時間躲在BBS練習寫字，視創作與研究為生命長遠的路途，在閱讀與書寫間得到莫大的安歇。作品散見各報刊。經營荒廢已久的部落格「他們」：http://www.wretch.cc/blog/mark2952。

漾 PG0501

台灣七年級散文金典

編　　者	甘炤文　陳建男
策　　劃	楊宗翰
責任編輯	林泰宏
圖文排版	賴英珍
封面設計	陳佩蓉
出版策劃	釀出版
製作發行	秀威資訊科技股份有限公司 114 台北市內湖區瑞光路76巷65號1樓 電話：+886-2-2796-3638　傳真：+886-2-2796-1377 服務信箱：service@showwe.com.tw http://www.showwe.com.tw
郵政劃撥	19563868　戶名：秀威資訊科技股份有限公司
展售門市	國家書店【松江門市】 104 台北市中山區松江路209號1樓 電話：+886-2-2518-0207　傳真：+886-2-2518-0778
網路訂購	秀威網路書店：http://www.bodbooks.com.tw 國家網路書店：http://www.govbooks.com.tw
法律顧問	毛國樑　律師
總 經 銷	聯合發行股份有限公司 231新北市新店區寶橋路235巷6弄6號4F 電話：+886-2-2917-8022　傳真：+886-2-2915-6275
出版日期	2011年2月　BOD一版
定　　價	280元

Printed in Taiwan

國家圖書館出版品預行編目

台灣七年級散文金典 / 甘炤文, 陳建男編. -- 一版. --
臺北市：釀出版, 2011.02
面； 公分. --（語言文學類；PG0501）
BOD版
ISBN 978-986-86982-2-2（平裝）

855 100000717

讀者回函卡

感謝您購買本書，為提升服務品質，請填妥以下資料，將讀者回函卡直接寄回或傳真本公司，收到您的寶貴意見後，我們會收藏記錄及檢討，謝謝！如您需要了解本公司最新出版書目、購書優惠或企劃活動，歡迎您上網查詢或下載相關資料：http:// www.showwe.com.tw

您購買的書名：______________________________

出生日期：________年________月________日

學歷：□高中（含）以下　□大專　□研究所（含）以上

職業：□製造業　□金融業　□資訊業　□軍警　□傳播業　□自由業

□服務業　□公務員　□教職　□學生　□家管　□其它____

購書地點：□網路書店　□實體書店　□書展　□郵購　□贈閱　□其他

您從何得知本書的消息？

□網路書店　□實體書店　□網路搜尋　□電子報　□書訊　□雜誌

□傳播媒體　□親友推薦　□網站推薦　□部落格　□其他________

您對本書的評價：（請填代號　1.非常滿意　2.滿意　3.尚可　4.再改進）

封面設計____　版面編排____　內容____　文／譯筆____　價格____

讀完書後您覺得：

□很有收穫　□有收穫　□收穫不多　□沒收穫

對我們的建議：______________________________

____

____

____

請貼
郵票

11466
台北市內湖區瑞光路 76 巷 65 號 1 樓
秀威資訊科技股份有限公司 收
BOD 數位出版事業部

（請沿線對折寄回，謝謝！）

姓　　名：＿＿＿＿＿＿＿＿　年齡：＿＿＿＿　性別：□女　□男

郵遞區號：□□□□□

地　　址：＿＿＿＿＿＿＿＿＿＿＿＿＿＿＿＿＿＿

聯絡電話：(日)＿＿＿＿＿＿＿＿＿＿(夜)＿＿＿＿＿＿＿＿＿＿

E-mail：＿＿＿＿＿＿＿＿＿＿＿＿＿＿＿＿＿＿